死神辺境伯は幸運の妊
乞う

～間違えて嫁いだら蕩けるほ
ました～

Miyako Tsukahara
東原ミヤコ

Illustration:Kotora Hu
風ことら

NOVELS

CONTENTS

死神辺境伯は幸運の妖精に愛を乞う

～間違えて嫁いだら蕩けるほど溺愛されました～

◆序章：シュラウド・ハイルロジアとの邂逅《かいこう》

まるで、罪人を護送するかのような静かな旅路だった。

ラッセル王国の中央にあるオルステット公爵領を抜けて、北に三日。

本来なら公爵領からハイルロジア辺境伯領へ行くには一週間以上かかるらしい。私は旅にも地理にも詳しいというわけではないけれど、馬車での道行に同行しているオルステットの使用人たちがそう話していた。

一週間以上かかる旅をたった三日で行くのだ。何かに追い立てられるように、休憩もろくに挟まない強行軍だった。

使用人たちは路銀をたっぷり持たされていて、その潤沢な資金で補給と休憩のために寄った街で、走り潰れた馬を買い替えたりしていたようだ。

私は一人静かに、移り変わる景色を見ていた。

公爵家の使用人たちは、私に声をかけたりはしない。私は――罪人か、馬車の荷物の一つ。腫《は》れ物に触れる――いや、触れたくもない不吉なもののように、扱われていた。

彼らが恐ろしい何かに追われるように先を急いでいたのは、私との旅を早く終わらせたくて――というだけではない。

おそらくは戦場の死神と呼ばれているハイルロジア辺境伯が怖いから、ということもあったのだろう。

早く、役目を終わらせたいのだ。

私は馬車の中で水を少し飲んで干し肉を少し齧《かじ》って、三日間を過ごした。

まだ日が昇りきらない朝早くから日没ぎりぎりまで馬を走らせて、夜になると使用人たちは街の宿で休む。私は馬車から抜け出すと、人の目から隠れるように密《ひそ》やかに、厩《うまや》の隅で眠った。

宿に私の部屋はなく、足を踏み入れることさえ許されていない。馬車馬が休息する厩の隅の藁《わら》の上で、覚醒とまどろみを繰り返すようにうとうとしながら、朝を待っていた。朝になるとまた密やかに馬車に戻り、私が中にいることを使用人たちは何も言わずに確認をして、再び馬車を走らせる。

そうして、ハイルロジア領に辿《たど》り着き、私をハイルロジア辺境伯家に送り届けると、オルステット公爵家の馬車は逃げるように帰っていった。

見上げるほどに大きな、城砦《じょうさい》のようなお屋敷だった。

お屋敷の中から、馬車の来訪に気づいた軍服のような衣服を着た幾人かの男性と、侍女服を着た女性たちが現れる。オスルテット公爵家の使用人たちは挨拶《あいさつ》もまともにせずに帰るという無礼をしていて、残された私は申し訳なさと情けなさでいっぱいになりながら、お迎えの方々に――かつて公爵家の娘として教育を受けてきた淑女の礼を、スカートを摘《つ》まんでした。

煌《きら》びやかなドレスを着ているわけでも、綺麗《きれい》に髪を整えられているわけでも、装飾品を身につけているわけでもない薄汚れた私が、まるで貴族のような礼をすることが滑稽で、胸が痛む。

使用人の方々は私の姿を見てもオルステットの者たちがそうであったように、不快そうに顔を歪《ゆが》めることもなく「ようこそおいでくださいました、オルステット公爵令嬢様」と丁寧に言って、私を屋敷の中へと案内してくれた。

ハイルロジア辺境伯の屋敷に通された私は、使用人の方々に促されて旅装束を脱いで湯浴《ゆあ》みをさせてもらった。さすがに薄汚れた服のままではハイルロジア辺境伯に会わせられないと判断されたのだろう。

侍女の方々に手伝ってもらいながらの湯浴みなど慣れなくて、私はずっと身を硬くして黙り込んでいた。

そんな私に声をかけながら甲斐甲斐《かいがい》しく世話をしてくれる侍女の方々に、「ありがとうございます」と、なんとかお礼だけを言った。久々に出した声は、掠《かす》れて小さかった。

侍女の方々は「礼など必要ありません」「当然のことをしています」と、優しく言葉を返してくれた。

湯浴みをすませると、身支度を整えられて、部屋で待つようにと言われた。

中央に天蓋のある立派なベッドが置かれた広い部屋だ。ベッドの他にはソファと、文机が置かれている。

——寝室に通されたということは、妻として迎え入れてもらえるということだろうか。

(……私が、本当にハイルロジア様の妻に?)

そんなわけがない。わかっている。

私のような者が、ハイルロジア辺境伯の妻になることなどできるわけがない。

それでも——胸の底にじわりと期待が膨《ふく》らみそうになって、私はその『期待』から目をそらした。

(あたたかいお湯で体を洗ったのも……綺麗な服を着たのも、いつぶりかしら……)

ハイルロジアの使用人たちは優しかった。何も言わずになすがままになっていた私を見ても、嫌な顔ひとつしなかった。

オルステットの家とは、違う。

私は着せてもらったドレスに視線を落とす。オルステット公爵家は何一つ私に荷物を持たせなかったので、この服もハイルロジア家で用意してくださったものだ。

フリルやレースのたっぷり使われたふわりとした着心地《きごこち》のよい白いドレスは、私の痩《や》せた体を隠してくれる気がした。

痩せた体と――背中にある、あれを。

（……わからない。でもまだ、残っている。……見たことはないけれど、多分……きっと）

考えないようにしていた。考えると、体が震えてしまう。

飾り棚には百合《ゆり》の花が生けられていて、独特な香りが部屋に漂っている。私は所在なく窓辺に立って、外を見ていた。

窓からは寒々しく雪を被《かぶ》った山脈が見える。北の領地は寒いのだろう。

それから、鬱蒼《うっそう》とした森。ハイルロジアのお屋敷は、森の中に建っている。馬車から見た限りでは周囲をぐるりと高い塀で囲んであり、深い堀には清らかな水が注ぎ込んでいた。正面に門があり、堀を越えるための橋がかかっていた。

見たことのない景色。

そして、着たことのない美しいドレス。

上質なドレスの上から、使用人の方が毛糸で編んだあたたかいショールをかけてくれた。だから今は、寒くはない。

でも、私には勿体《もったい》ない。落ち着かない。私は本当に――ハイルロジア様に請われて、ここに来たのだろうか。

ややあって、扉が叩《たた》かれる。

返事をすると扉が開き、黒髪の立派な体軀《たいく》の男性が部屋に入ってきた。

「はじめまして。俺はシュラウド・ハイルロジアだ」

男性は私の前で立ち止まると、口を開いた。静かな夜に聞こえてくる遠く響く獣の遠吠えのような、低くよく通る声だった。

濡《ぬ》れた烏《からす》の羽のような黒い髪は少しだけ長い。

右目を隠すように伸ばされた前髪の下には、目を覆う眼帯がある。

長い髪で隠すようにしている眼帯の下の皮膚は広範囲でひきつれたようになって、色が他の皮膚とは違うやや濃い赤色に変わっている。

左目は指先を針で突き刺したときにぷっくりと膨れてくる鮮血のように赤い。

私が今まで見たことのあるどの男性よりも——雄々しく美しい顔立ちの男性だ。眼帯も傷も彼の美しさを少しも損なわせてはいなかった。

首元までがきっちり留められた黒い軍服のような服で、立派な体軀を窮屈そうに包んでいる。

見上げるほどに背が高く、痩せて小さな私が余計に小さく思えてしまう。

年齢も、私よりもずっと上に見えた。

意志の強そうな眉の下の赤い瞳が、感情の読めない静かな視線を私に注いでいる。

——この方が、シュラウド・ハイルロジア様。

戦場の死神と呼ばれている、ハイルロジア辺境伯。詳しいことはよく知らないけれど、使用人たちの噂《うわさ》話は聞いていた。

戦場で敵兵を切り伏せる姿はまさしく死神と言われるほどに強く、とても、恐ろしい人なのだと。

「君がオルステット公爵家の、シェイリスか」

ハイルロジア様が口にした名前に、私は目を見開いた。

シェイリス。私の——妹の名前だ。

期待してはいけないと自分に言い聞かせていたのに、ほんの少しの希望を抱いてしまっていたのだろう。

喉《のど》に氷塊を押し込められたように、苦しい。体は冷えているのに、背筋に嫌な汗が滲んだ。

「……私は、アミティです。……申し訳ございません、シュラウド様」

私は震える声で言葉を紡いで、深々と頭を下げた。

私の父であるオルステット公爵に、ハイルロジア辺境伯がお前を妻に欲しているので嫁げと言われたときから――まさか、どうして私をと、ずっと疑問だった。

けれどやはり間違いだったのだ。

ハイルロジア様が妻にと望んでいたのは、妹のシェイリスで、私ではない。

シェイリスは私と違い美しい金の髪と青い瞳をした、愛らしい容姿の少女だ。

私とは違う。――不吉な白い髪と金の瞳をした私とは。

オルステット公爵家の娘として大切に育てられているシェイリスを妻にと望むのは、ごく当たり前のことだろう。不吉な白蛇だと蔑《さげす》まれている、私などではなく。

「アミティ？」

ハイルロジア様は訝《いぶか》し気に眉を寄せて、私の名前を呼んだ。

誰かに名前を呼ばれるのは、いつぶりだろう。胸に忍び込んでくる喜びに――そんなもの私には不相応だと震えてしまいそうになる。

「……私はアミティ・オルステットと申します。……ハイルロジア様が妻にと望んだのは、私の妹のシェイリスだったのですね。どこかで、間違いが起こったのでしょう。……申し訳ありません」

拙《つたな》い口調でとぎれとぎれに事情を話して、私は頭を下げた。

わかっていたことだ。何かがおかしい。そんなわけがない。私が妻に望まれるなど――そんなはずがないのだと。

ハイルロジア様には申し訳ないことをしてしまった。シェイリスを妻に望んだのに、要らない方の私が現れるなんて。

「オルステット家には、二人の娘がいる。一人は長女のアミティ。もう一人は、次女のシェイリス。アミティという君は、長女なのだろう。であれば、家を継ぐ者だ。それなのに、なぜ俺の元へ？」

詰問するような口調で問われて、私はびくりと体を震わせた。

「私……私にも、わかりません」

疑問に思うのは当然だ。ハイルロジア様の言葉はもっともなものだった。私はオルステット公爵家の長女であり、シェイリスは次女。貴族の常識で考えれば、男児がいなければ長女が婿をとり家を継いでいく。けれど、私の場合は違う。私は――あの家では娘としては扱われていない。けれどそんな恥をさらすようなこと、伝えられない。

誤魔化《ごまか》すことしかできなかった。

父は不用品を下げ渡すような気持ちで、取り違えたふりをして私をハイルロジア様の元へと送ったのだろう。

私ではなくシェイリスを手元に置きたくて、家も継がせたかったのだろうと思う。

――だからといって、このようなやり方。ハイルロジア様に失礼だろう。その事実を伝えることでハイルロジア様の怒りを買って、お叱《しか》りを受けるのは当然だ。

ハイルロジア様は、冷酷な死神辺境伯と恐れられている方。

敵兵を屠《ほふ》るのと同じように、気に入らない者の命を奪うという。私の命もまた、奪われるのかもしれない。それは仕方のないことだ。

それぐらい不敬なことを、オルステット家は――私は、してしまったのだから。

「……申し訳ありません。私、今すぐ出ていきます。……オルステット家に、帰りますから、どうかお許しを……」

私はここにいてはいけない。

私が咎《とが》められ、殺されるのは――構わない。けれど。

ハイルロジア様がお怒りになって、オルステット家を相手に兵を向けるなどは、いけない。私のせいで罪もない民が傷つくのは、いけないことだ。

それだけは、避けなければ。

だから私は私の憶測だけで、父の思惑を伝えるわけにはいかない。私が謝ってここから去ることで、ハイルロジア様がお許しになってくだされればいいけれど――それしかこの場をおさめる方法が思いつかなかった。

「帰る？　どうやって帰るというのか。家の者の話ではオルステット家の馬車は君を置いて、早々に公爵家に戻っていったという。何も持たない君が、どうやって家まで帰る？」

ハイルロジア様は不思議そうに尋ねた。

「あ、歩いて……」

そうとしか答えられないことが恥ずかしい。私には馬車もなく、従者もいない。お金もなければ荷物さえない。

私には――本当に何もないのだと、思い知らされる気がした。

「野犬に襲われるか狼《おおかみ》に襲われるか、成らず者に襲われて尊厳を貶《おとし》められ売り飛ばされるか……ともかく、死にたくなければ愚かなことを考えるな」

ハイルロジア様は呆《あき》れた様子もなく、ただ事実を事実と伝えるように淡々と言った。

たとえそうかもしれなくても、私は。ここにいるわけにはいかない。

私はシェイリスではないのだ。だから――。

「ハイルロジア様のお手を煩わせるわけにはいきません。ご心配、ありがとうございます。オルステット公爵家に戻って、……父に間違いだったと、伝えます」

私はもう一度深々と頭を下げた。野犬や狼に襲われて命を落とすかもしれない。けれど、私一人の命でオルステット家の行った無礼が許されるのなら、それでいい。

私が死んでも悲しむ人など誰もいないのだから。

「お洋服……私が着てきたものに、着替えます。お借りしてしまって、申し訳ありませんでした。侍女の方に頼んで着替えます。そうしたらもう二度と、ハイルロジア様にご迷惑をおかけしないことを誓います」

「そう急く必要はない。アミティ。君は、ここにいて構わない」

ともかく部屋を出ようとした私の腕をハイルロジア様が掴《つか》んだ。

硬くて、大きな男性の手の感触だ。掴まれた腕は、痛くはなかった。慎重に私に触れてくれているのがすぐにわかる触り方だった。

――突き飛ばされたり、腕を掴まれて引きずられたり、私にとってはよく身に馴染《なじ》んでいるそういう触り方とは違う。

伝わってくる体温が、あたたかい。

私は身を震わせると、目を見開いてハイルロジア様を見上げた。

(ここにいて、構わない……？)

ハイルロジア様の口調は淡々としているけれど、怒りも苛立《いらだ》ちも感じられない。怒鳴ったり、私を嘲

ったりもしない。

『顔を見せるな。不吉な白蛇め』

お父様の声が、脳裏に響いた。

体が竦《すく》む。ハイルロジア様が怖いわけではない。お父様の手を、私を掴む手を、体が勝手に思い出してしまう。

ハイルロジア様は少し考えるようにして、すぐに私の手を離した。

「その服も、この家も、君のものだ。君は俺の妻になるのだから」

私は心の中でハイルロジア様の言葉を反芻《はんすう》した。妻に、なる。その言葉の意味を理解するまでに、少し時間がかかった。

そのせいで呆然《ぼうぜん》と立ち尽くしているように見えるだろう私に、ハイルロジア様は言葉を続けた。

「俺としてはオルステット公爵家から来たのが君だろうが、シェイリスだろうがどちらでも構わない。妻を娶《めと》ったという事実があれば、それでいい。公爵家から妻を貰《もら》えとは、国王陛下の命なのでな。俺の役割はこれで果たしたということになる」

「国王陛下からの……」

「あぁ。二十五にもなって結婚もせずに独り身でいる俺を心配したのだろう。オルステット公爵家には娘が二人いる。二人とも婚約者がいないので丁度よいと言われてな」

娘が、二人――国王陛下は、私をご存知だった。

ハイルロジア様が私を知っていたことにも驚いたけれど、それは国王陛下からハイルロジア様に伝わったのだろう。

「余計なお世話だとは思ったが、王命とあれば断れん。だから、オルステット公爵に娘を娶りたいと打診をした。俺はどちらを、とは書いていない。元々他家のことにはあまり関心がなくてな。シェイリスのことも君のことも俺は知らない。であれば、どちらでもいいだろう」

ハイルロジア様はため息交じりにそう言って、それから何かを考えるように腕を組むと顎に手を当てた。

「つまり俺は、君がオルステット家の娘であればそれでいい」

「……でも、私は」

「娶るとしたら長女ではなく次女だろう？　だから君はシェイリスなのかと思った。公爵からの手紙にもそう書いてあったのでな。しかしオルステット公爵が長女である君をというのなら、それで構わない」

淡々と、ハイルロジア様は言った。

私はどうしていいのかわからずに、胸の前で両手を握りしめる。

「アミティ。君も俺の元に来る羽目になるとは思わなかっただろうが、運が悪かったと思ってくれ。君はただ、ここにいてくれたらいい。俺は君に余計なことはしない。これは、契約だ」

「……契約、ですか」

契約とは、なんだろう。

「あぁ。君は君の好きなようにして構わないが、俺の妻という立場でいてほしい。そうすれば君は歩いてなど馬鹿げた方法で、オルステット公爵家に帰る必要もなくなるだろう」

ハイルロジア様は「いい考えだ」と言って、頷《うなず》いた。

私は呆気《あっけ》にとられながら、ハイルロジア様の様子を見ていた。

てっきり叱責《しっせき》を受けるかと思っていた。お前などいらないと、追い出されるのかと思っていた。

「……私は、ここにいてもいいのですか……？」

「今日からここが、君の家だ。俺は君の夫だが、必要以上に関わらないと約束する。無論、触れることもない。好きな男がいるのなら、呼んでも構わない。だから安心して過ごすといい」

ハイルロジア様はそれだけを告げると、部屋から出ていってしまった。

そこには、憎しみもなければ怒りもない。

これは、契約。

婚姻という名の、ただの契約。

唖然《あぜん》としながら、私はハイルロジア様がいなくなった後の部屋で、閉じた扉をしばらくぼんやりと見つめていた。

私はハイルロジア辺境伯家にいてもいい。ハイルロジア様の、形ばかりの妻として。

（そんなこと……許されるのだろうか）

本当ならハイルロジア様はシェイリスを娶って、きちんとした夫婦として幸せになっていたかもしれないのに、私が来てしまったから。歩いて帰ると言った私に同情をして、ハイルロジア様は私にここにいる許可を与えてくれたのかもしれない。

（私、迷惑をかけてしまった……）

どこにいてもそうだ。オルステット家にいても私の存在は家にとっては迷惑なものでしかなかった。

そしてここに来ても私は、同じだ。何もできない役立たずでしかない。

私は所在なく視線を彷徨《さまよ》わせて、肩にかけてもらったおそらく羊毛と思われるふわりとしたショールを、微《かす》かに震える手で重ね合わせる。

それでも――ハイルロジア様はここにいていいと、言ってくださった。

「……あの家に、帰らなくても、いい」

あの冷たくて、怖くて、苦しいばかりの家に。

物心ついた時には、自分の居場所はすでになかった。

お父様もお母様も妹も、皆同じ金髪碧眼《へきがん》の見目麗しい方々なのに、私だけが生まれたときから老婆のような真っ白い髪に、不吉な金色の瞳をしていた。

両親は私のことを『白蛇』と呼んで、私が皆の前に顔を出すことを嫌がった。

それでも幼い頃は「お前の使い道など、誰かに嫁がせるぐらいしかない」と言われて、必要最低限の教育だけは受けさせてもらえた。

それが――『あのこと』が起こってからは。「その使い道もなくなった。役立たずは働け」と言われて、使用人に交じって生活をしていた。

私はオルステットの娘ではなく、役に立たない不吉な白蛇だ。私をアミティと、本当の名で呼ぶ者さえあの家にはいなかった。

誰もが恐れるという『死神辺境伯』の元へ輿入《こしい》れすることが決まったと言われたのは、つい先日。

誰とも話をすることもなく、ただひたすらに与えられた仕事をこなしていた私は、侍女頭に「旦那様が呼んでいるからついておいで」と言われた。

お父様は――怖い。けれど、呼び出されているのならば、従うしかない。

執務室に足を踏み入れた私にお父様は、「ハイルロジアがお前を欲しがっている。お前の使い道がようやく決まった。お前は死神に嫁ぐのだ」と告げた。

使用人として扱われていた私は、オルステットの娘として社交界に顔を出したこともない。他の貴族の方々に紹介してもらったこともなければ、話したこともない。

だから『ハイルロジア』『死神』という言葉がうまく理解できなかった。

どうして私を欲しがってくださっているのかすら、わからない。私のことを知っている人が、この国のどこかにいるなんて思っていなかったからだ。

お父様からそう告げられて、だからといって私の立場が変わるわけでもなく、いつものように仕事に戻った。

侍女たちは私を嘲笑《あざわら》いながら「ハイルロジア辺境伯といえば、おそろしい姿をした化け物だそうよ」「死神辺境伯の通った後には屍《しかばね》の山ができているとか」「気に入らない者はだれでも殺すのだそう」「頭の悪い不吉な白蛇なんて、すぐに殺されてしまうわね」「可哀想《かわいそう》」と、口々に言った。

私は侍女たちのそんな話から、ハイルロジア様についての噂を少し、知ることができた。

怖いとは、思わなかった。けれど、ずっと疑問だった。どうして私なのだろうと。

「白蛇さん、お可哀想……！　けれどお似合いかもしれないですね、だって相手は人殺しの死神辺境伯！　化け物のような見た目の白蛇さんの相手には、ぴったりだわ！」

私がハイルロジア様の元へと出立する日、妹のシェイリスは可憐《かれん》な笑顔を浮かべながらそう言った。

「死神の元へ嫁ぐのが私ではなくてよかった！　聞いてくださいまし、白蛇さん。私には王太子殿下から婚約の打診が来ているそうなのです。私、この国で一番偉い方と結婚するのですよ。結婚式には呼んでさしあげますわ。でも、白蛇さんと死神辺境伯が揃《そろ》って現れたら、きっとみんな怖がってしまうでしょうね！」

くすくす笑いながら、無邪気にシェイリスは言った。

私は――どうとも思わなかった。

怖がられるのには、慣れている。私も白い髪と白い肌、金色の瞳の自分の姿を、不吉な白蛇のようだと思う。

それでも私を見送りにきて声をかけてくれたのは、シェイリスだけだったから。お母様もお父様も姿も見せてくれなかったから。

見送りにきてくれたシェイリスに、少しだけ感謝をした。

「でも……やっぱり、間違いだった。……私を欲しがる人なんて、いるわけがないわね」

窓に手をついて、額を押し当てる。

窓は冷たい。吐く息があたると、窓ガラスが白く曇った。

雪こそ降っていないけれど、辺境の地はやはり公爵領よりはずっと寒い。

どこに行って何をしたらいいのかわからなくて、私はしばらくそうして呼吸をし続けていた。

「……何か、仕事。仕事を、させてもらわないと……」

公爵家では長い間、私は使用人として扱われていた。

公爵家では長く勤めている者は少なく、お母様やシェイリスは何かあればすぐに使用人を辞めさせているようだった。

それなので、私をオルステットの娘だと知っている者の方が少なかったのではないかと思う。

古くからの使用人たちがいなくなってしまった最近は、誰も私のことを――本当の名前さえも、知る人はいなかったのではないだろうか。

この見た目で、さらには言葉を口にすることも禁じられていたから――公爵家が慈善活動の一つで雇っている、生まれながらにして何かしらの障碍を抱えた娘だと思われていたようだった。

使用人として働けば、食事が貰える。

侍女の服を着ることも許されるし、使用人と同じ場所でなら湯浴みも許される。

働くことさえできない、何も役に立たない私は。

——生きる価値もない、要らないもの。

「……少しでも、役に立たないと」

ハイルロジア様に憎まれていないのなら、疎まれていないのなら、それでいい。

愛されたいなんて、贅沢《ぜいたく》なことは思わない。この家の片隅に置いていただけたら、それで。

けれど誰かの役に立たないと、この家の役に立たないと、呼吸をすることにさえ罪悪感を覚える。

私は長い間同じ姿勢でいたために固まってしまった体をぎくしゃくと動かして、そろりと部屋を出た。

侍女の方にお願いして、働かせてもらわなくてはいけない。

「……奥様、どうされました？」

私が部屋から外に出ると、私の姿に気づいて侍女服を着た方が早足でこちらに向かってくる。

「お疲れでしょう、部屋でゆっくりと休んでいてよいのですよ。紅茶とお菓子をお持ちしますね」

女性は銀のトレイを手にしている。トレイには銀製の蓋《ふた》がかぶさっていた。

「あ……あの、私……私、アミティと申します」

心配そうに私の顔を覗《のぞ》き込んでくる、明るい茶色の髪に鳶色《とびいろ》の瞳の豊かな体形の女性に、私は話しかけた。

誰かと話すことのない生活が長かったせいで、声が少し震えた。

「はい、奥様。存じ上げておりますよ。アミティ様ですね。アミティ・オルステット公爵令嬢様です。申し遅れました、私はジャニスと申します。奥様の身の回りのお世話をさせていただくことになりました。今、お茶をお持ちしてご挨拶に伺おうとしていて……」

「ジャニス様……」

「奥様！　ただの侍女に、様などと。いけません」

「……ごめんなさい。……ジャニスさん」

「謝る必要もありません。ただのジャニスで結構です。アミティ様は、シュラウド様とご結婚をなさるハイルロジア家の若奥様なのですよ」

ジャニスさんに言われて、私は首を振った。

「それは間違いなのです……私、本当はここにいてはいけなくて」

「間違い？　ここにいてはいけないと、旦那様がおっしゃったのですか？　そのような、酷いことを……!?」

声を張り上げるジャニスさんの言葉を、私は慌てて否定した。

「ち、違います……そうではないのです……ただ、あの、……私は来たばかりで、何をすればいいのか、わからなくて」

ハイルロジア様はここにいていいと言ってくださった。それはとてもありがたいことだ。

私は——ここに、いさせてもらえる理由が欲しい。

公爵家にいたときと同じように、何か仕事をさせてもらえたら、役立たずの私が少しでも何かの役に立てるのなら、それが私がここにいていい理由になる。

「私に何か、お仕事をさせていただけませんか……？」

「仕事……？　奥様が、仕事……というと旦那様の補佐などでしょうか。それとも家の管理などでしょうか……模様替えとかお茶会の手配、などでしょうか？」

「あ、あの、私……そういったことは、したことが、なくて。でも、お掃除やお洗濯やお皿洗いとか……あと、馬の手入れとか、……それなら、できると思うんです」

辺境伯の妻としての仕事を、私は何一つ知らない。

私が役に立てるとしたら、そんなことぐらいしかない。それでも——働かせてもらいたい。

「奥様、何をおっしゃっているのです。それは使用人の仕事です。奥様の仕事ではありません」

ジャニスさんは私の申し出を拒んだ。とても困惑している様子で、けれどそれを口に出さないように気遣ってくれているみたいだった。

「……でも、私」

「奥様は、疲れて混乱しているのですね、きっと。部屋に戻りましょう。温かい紅茶を淹《い》れました。きっと心が落ち着きますよ。ハイルロジア辺境伯領特産の、ワイルドベリーのジャムを添えたスコーンも用意したのですよ。お口に合うといいのですけれど」

私はジャニスさんに促されて部屋に戻った。

寝室の手前にあるリビングルームのテーブルに、ジャニスさんが紅茶とお菓子を準備してくれる。

紅茶からは白い湯気が立ち上っていて、リビングルームの大きな暖炉には赤々とした火が燃えていた。

ジャニスさんが椅子をひいてくれて、私に座るように促した。

私はびくりと震えて、一歩後ろに下がる。

「……奥様、私がそばにいると落ち着かないでしょうから、失礼します。何か用があるときはベルを置いておきますから、鳴らしてくださいね」

私の態度を見てジャニスさんは困ったように笑うと、礼をして部屋から出ていった。

——あぁ、私。困らせて、気を遣わせてしまった。

何の役にも立たないのに。うまく、話もできなくて。

立派な椅子に座ることも、綺麗なベッドで眠ることも。こうして、お茶を準備していただくことも慣れていないから。どうしていいのかわからなかった。

一人になると、目尻から涙がこぼれた。

悲しくもないのに。

呼吸をすることさえ苦しくて、私は胸をおさえる。世界がぐるりと回るような錯覚に襲われて、ぺたんと床に座り込んだ。

気遣っていただいたのに、優しくしていただいたのに、きちんとできなかった。

嬉《うれ》しいですとにっこり微笑《ほほえ》んで、ありがとうとお礼を言えばよかったのだと、頭では理解している。

けれどそれが、どうしてもできない。

だって私には——勿体ない。

私はジャニスさんに優しくしていただけるような人間ではないのだ。

だって——私は、ハイルロジア様に請われてここに来たわけではない。歩いて公爵家に戻るなどと言った愚かな女を見かねて、ハイルロジア様は私に温情を与えてくださっただけだ。私はハイルロジア様の、奥様にはなれない。

(公爵家では何を言われても、泣いたりしなかったのに……)

白蛇と蔑まれることも。話す相手さえ一人もいない生活も。寒い部屋も、空腹にきりりと痛む胃も、役立たずだと背中を蹴られることも髪を引っ張られることも——慣れてしまえば、大丈夫だと思えたのに。

優しくされてしまうと、まるでピンと張りつめていた糸が、ぷつりと切れてしまうみたいに、感情が胸に溢《あふ》れてしまう。

ただ、私がここにいることが、何の役にも立たないことが。

——ひたすらに、苦しい。

◆花嫁の疑惑

オルステット公爵家からアミティが到着してから数刻。

いつものように執務室で側近のアルフレードから辺境伯領に隣接する北の地に住まうスレイ族についての報告を受けていると、遠慮がちに扉が叩かれた。

アルフレードは一度会話を止めて、広げていた地図を畳んで軍服の内側にしまう。

「旦那様、お忙しいところ申し訳ありません。ジャニスです」

「入れ」

来訪したのは、アミティの世話を命じていたジャニスだった。

アミティは、オルステット家の次女シェイリスと取り違えられて俺の元へ来てしまったのだという。

少々痩せすぎているように見えたが、思わず目を奪われるほどに美しい女性だった。

長く白い睫毛に縁取られた、愁いを帯びて濡れたように輝く大きな金の瞳、透き通るようにきめ細やかな白い肌、さらりと体に落ちる絹糸のような長い白い髪。

この世にこれほど美しい女性がいるのかと、アミティの姿を目にしたとき、驚きを感じた。けれど、それを表には出さないように気をつけた。

怖いだろう。初対面の男から、ろくに言葉を交わしてもいないのに、容姿が美しいからと興味を持たれるのは。

しかし――まるで『アウルムフェアリー』のようだった。とてもいい色をしている。

その色合いとそれから儚《はかな》げで美しい容姿も相俟《あいま》って――まるで本物の妖精に見えた。

ハイルロジアに住まう者なら誰もが知っている、幸運の妖精・アウルムフェアリーの言い伝えと重ねずにはいられなかった。

雪原に輝く妖精は、俺たちを神の元へと運んでくれるのだという。

そんな伝承を俺は信じていないが、ハイルロジア辺境伯領に住む者たちは信仰心があつい。これはこの国の者たち皆に言えることだが。皆、神を――神獣の存在を信じているのだ。

だが、信仰心など持ち合わせていない俺でもアウルムフェアリーを連想してしまうぐらいに、アミティ・オルステットは美しく、可憐だった。

その姿を思い出すと、妙に胸が疼《うず》く。けれど、距離を置かなくてはと自分を戒める。

俺のような人殺しが、間違えられてここに来ただけの彼女に触れるべきではない。

それは美しい新雪を暴虐に穢《けが》すようなものだ。俺はアミティの姿を思い浮かべるたびに感じる、その髪に、頬に触れてみたいという衝動から目を背けた。

ジャニスが遠慮がちに、俺の元までやってくる。

アミティは俺と会話をしているとき終始怯《おび》えたような表情を浮かべていたので、この家から逃げたいと泣いているという報告なのだろう。

自分の評判ぐらいは、よく知っている。だから余計に俺は、アミティに近づかないようにしなければいけない。

「どうした、ジャニス」

執務机の椅子に座ったまま尋ねた。

アルフレードは一歩後ろに下がった。特に隠すこともないため、構わないのだが、退室する気はないようだった。

ジャニスは一礼をして口を開いた。

「お仕事の最中申し訳ありません、旦那様。公爵家から来られた奥様について、お話があるのですが」

「――帰りたいと、言っているか」

「それはそうでしょう。公爵家から遥々《はるばる》来てくださったのに、わずかに言葉を交わしたきりで、シュラウド様は仕事に戻られたのですから。ともに時間を過ごさなくていいのですかと、何度か言いましたよ、私は」

アルフレードが咎めるような口調で口を挟んだ。

「俺が傍《そば》にいるより、一人の方が気が休まるかと思ったのだがな。それに、アミティは取り違えられてここに。本来なら嫁ぐことなどはない公爵家の二人娘の長女だ。余計に俺のような男は恐ろしいだろう」

「……取り違え？」

訝し気にアルフレードが言う。そういえば説明していなかったなと思い出して、俺は口を開いた。

「らしい。そのようなことがあるだろうかとは思うがな。公爵家からの手紙には、シェイリス……アミティの妹を嫁がせると書いてあった。だが、俺の元へ来たのはアミティだ」

「シュラウド様、間違いだとわかっているのに、アミティ様を家に帰さないのですか」

アルフレードが信じられないものを見るように、俺を見る。

俺は眉間に皺《しわ》を寄せると、深くため息をついた。

「気になることがある。先程確認したが、公爵からの手紙には確かにシェイリスと名が書いてあった」

「おかしなことですね。自分の娘の顔と名前を間違えることなどないでしょう」

「その上であえてアミティを送ってきたということは……何か理由があるのだろう」

どのような理由があるかは想像するしかないのだが、このままアミティをオルステット公爵家に送り返すことなどできない。

そう判断をしたから、アミティにはこの家にいるように伝えた。

それにここに到着したばかりのアミティの様子を見た侍女たちからの報告も、気になるものだった。

「本当にアミティ様は公爵家のご令嬢なのでしょうか」と、侍女たちは訝し気に言ったあと「シュラウド様にご挨拶もせずに帰っていった公爵家の者たち！　許せませんね」と怒っていた。

彼女たちの話では、アミティは公爵令嬢とは思えない、俺に会わせることはとてもできない姿だったらしい。俺に気を遣って、というよりは、同じ女性としてアミティを哀れだと感じたようだった。

これから嫁ぐ男の前に晒《さら》していい姿ではないと。だから俺に会わせるより先に、風呂に入れ身支度を整えて、綺麗にさせてもらった――という。

だが、どんな姿であれ、人間の奥にある本質的な輝きというものは、損なわれないだろうと俺は思う。

綺麗に着飾っていたアミティは確かに美しかった。だが、その体が薄汚れていたとしてもきっと、俺は美しいと感じていただろう。美しさとは、外見のみに現れるものではない。

本当は――ここに来たことをねぎらい、優しく声をかけたかった。

とはいえ俺のような『死神』などと呼ばれる男の妻にするのは哀れだ。

今にも窓から飛び降りるのではないかというぐらいに怯えていた。俺から向けられる好意など、迷惑でしかないだろう。できる限り感情を抑えて話をし――嫌われるように振る舞った。

俺はアミティに触れる気はないと態度で示せば、多少は安心できるかと考えたのだが。

「どのような理由かはまだわからないが、このままオルステット公爵家にアミティを戻すことが得策だとは思えない。陛下が俺にオルステットの娘を娶れと言ったのには、言葉以上に何かの意味があったのかもしれない」

直接話したわけではない。陛下からは手紙を貰っただけだ。

もう一度手紙のやりとりをするか。それとも話をしにいくか。どのみち、オルステット公爵家についてもう少し調べがつくまでは、アミティにはこの家にいてもらうつもりだ。

「そ、それは、そうです、そうだと思います、旦那様……！　奥様がここに来た時のご様子を、旦那様はお聞きになったでしょう？　公爵家の使用人たちは酒でも飲んだような赤ら顔で、肥えていたというのに、奥様は……」

興奮気味にまくし立てるジャニスの言葉が、次第に小さくなっていく。震える声は悲しみと憤りに満ちている。

「使用人のような服を着て、髪やスカートの裾には、藁《わら》がついていたと」

「そのお体だって、……私の口からは言えませんけれど……ともかく、公爵家の方々は奥様を……アミティ様を、まるで人ではないような扱いをしていたのではと、勘繰ってしまいたくなるほどです。……旦那様もそれを知って、アミティ様を引き留めているのでしょう」

ジャニスの目に、涙がたまる。

女性というのは涙脆《もろ》い生き物だと知ってはいるが、ジャニスは侍女たちの中では古株で、何人もの侍女を育て上げたような女性である。

立場を弁《わきま》えていて、仕事中に俺の元を訪れるなど滅多《めった》なことではない。泣いているところを見たのは、これが初めてだろうか。

それほど――アミティの様子が、哀れなものだったのだろう。

「理解はしている。輿入れに従者もおらず荷物さえ持たずに来るなど、これではまるで死刑囚のようだ。それ故、少々横暴な方法で俺の元にとどめた。……その羽を無理やりもぎ、檻《おり》に閉じ込めるような男だと、彼女が思っていてもおかしくはない」

机に両肘を突いて、口元で手を合わせる。

確認すべきことが済んだら、然《しか》るべき場所へとアミティを帰さなければいけない。

それ故、これは契約だと伝えた。

俺はアミティには触れない。形ばかりの婚姻だと。

そうすれば公爵家に抱いた疑惑が解決した時に、俺などではなく、まともな男とアミティは結ばれることができるはずだと考えたのだが。

「旦那様……アミティ様は、仕事がしたいとおっしゃって」

「仕事？」

「はい……掃除や、洗濯や馬の世話など、使用人のする仕事をしたいと……」

「……アミティ様は公爵家のご令嬢なのですよね？」

ジャニスの言葉に、アルフレードは信じられないというように目を見開いた。

「あぁ。……そうか。それは、ずいぶんなことだな」

オルステット公爵の澄ました顔が頭に浮かび――忌々《いまいま》しいと思いながら、俺は呟《つぶや》く。

当たり前だが身分の高い公爵令嬢に限らずとも、貴族ならば使用人の真似事がしたいなど口にする者はまずいない。それは恥だ。

身分の高い者ほどそのような行為をするのは、矜持《きょうじ》が許さないだろう。

けれどアミティは自ら率先して、そんな言葉を口にしたのだという。

――それほど貶められていた。

掃除や洗濯、馬の世話などを行うことが、当たり前だと思い込むような生活をしていたのだろう。何故《なぜ》だ。自分の娘をそのように扱う理由が、わからない。オルステットの家は彼女を娘として扱っていなかったのか。

――思ったよりも、アミティの置かれていた境遇というのは、残酷なものだったのかもしれない。

それにしても。オルステット公爵はそんなアミティの様子に気づかずに、彼女を捨て置くような男だと思ったのだろうか、俺を。

もしくは、噂通りに気に入らないことがあれば誰でも斬り殺すと思われていたのか。

「俺も、馬鹿にされたものだ」

「違います、旦那様……っ、それは違います！　奥様には、何の罪もありません！」

「あぁ、わかっている、ジャニス。今の言葉は、オルステット公爵に向けたものだ」

公爵は、やはりわざと手紙にシェイリスと書き、アミティを送ってきたのだろう。

俺が噂通りの愚かな男なら、間違えてアミティが送られてきた上に、アミティがまるで使用人かそれ以下のような姿をしていたことについて、オルステット公爵家に馬鹿にされたと激怒していただろうが、生憎《あいにく》、噂はただの噂だ。

面倒で噂を否定する気にもならず、社交の場にもほとんど顔を出さないでいたら、余計にろくでもない噂が広がってしまったが――噂も、そう悪くはない。

公爵はそれを信じてアミティを俺の元に送ってきた。俺ではなく他の貴族の元へと同じようにしてアミティが送られていたら、アミティの身にさらなる不幸が訪れていた可能性もある。

「取り違えたことに俺が激怒して、アミティを害するとでも思ったのか。厄介払いだな、どう考えても。

「……どうやら俺は、見境なく人を殺す山犬のような男だと思われているらしい」

気に入らなければ使用人や領民さえ殺す、死神辺境伯。

俺の剣が血に染まらない日などないと、社交界の貴族たちは噂していることを知っている。

公爵は、その噂を信じて――本当に死刑囚を処刑台に送るつもりで、アミティを俺の元に届けたのだろう。

不愉快ではあるが、しかし――あのように美しい娘を、何故そのように扱う必要がある。どうして公爵は、自らの娘をそこまで、嫌っているのだろう。

憎しみに近い何かを感じる。

「辺境の、死神でしたか、シュラウド様」

アルフレードに言われて、俺は頷いた。

「よい名だろう。……オルステット家の内情について、陛下が知らなかったとは思えないが。どういうつもりなのだろうな」

フレデリク・ラッセル――国王陛下は、ハイルロジアの領地から滅多に出ることはない俺よりもずっと、オルステット公爵家に近い立場にいる。

その上、オルステット公爵は、フレデリクの叔父《おじ》だ。今は亡き前国王陛下は、オルステット公爵の兄である。アミティがオルステット公爵家で貶められていたことを、知らないとは思えない。

「旦那様、アミティ様は……紅茶やお菓子に手をつけることなく、部屋の隅に座っていらっしゃいます。床の上に。私が声をかけても、震えて、謝るばかりで」

瞳を潤ませながら、ジャニスが言う。

一体、オルステット公爵家で何が起こっていたというのだろう。アミティは深く傷ついている。

——深く傷ついている女性に寄りそう者として、俺ほど相応《ふさわ》しくない男はいないというのに。

「……そうか」

「旦那様。奥様のことはどうしたらいいのでしょうか」

「そうだな。……俺の行動は、悪手だったか。しかし……俺のような男が手を差し伸べたところで、怖がるばかりではないかと思うのだがな」

不安そうにジャニスに問われて、俺は腕を組んで眉を寄せる。

俺が近づいたとしても、余計に怯えさせてしまうだけではないのか。

「旦那様、私たちはどうすればいいのか……」

「シュラウド様、どんな事情があったとしてもアミティ様は公爵家のご令嬢です。ジャニスたち侍女にアミティ様のことを押しつけるのは、酷というものですよ」

俯《うつむ》くジャニスを見かねたように、アルフレードが助け船を出した。

確かにその通りだ。形式上——とは口にしたものの、俺の妻であり、公爵家の令嬢であるアミティと、ジャニスたち侍女とでは身分が違う。必要以上に踏み込むことは、できないだろう。

「……少し話をしてこよう」

俺は椅子から立ち上がった。

不安にさせてしまったのは、俺の咎だ。貴族の娘など皆、俺を恐れ忌み嫌うものだと考えていた。

アミティは俺に怯えていたというわけではないのか。

わからないが、放ってはおけない。

◆優しさと痛み

ずっと、泣いているわけにはいかない。涙を拭って立ち上がると、私は部屋を見渡した。

この部屋で、ゆっくり休む。それが私の今の役割。何度もそう自分に言い聞かせる。

余計なことをしようとすると、皆に迷惑がかかってしまうのだから。

紅茶に手を伸ばそうとしたら、手が震えた。

頭ではわかっている。

紅茶もお菓子も、ジャニスさんが私のために用意をしてくれたものだと。

ありがたくいただくことが礼儀で、逆にいただかないと失礼にあたる。

「私、何もしていないのに……」

食事や服は、身の回りのもの全ては、働いた対価として与えられるものだ。

家に住まわせてもらえるだけで、申し訳ないのに。私のような不吉な女。ここに置いていただくだけで十分だ。

その上、妻としての役割を果たす必要はないと言われてしまえば、私は本当に、役立たずでしかない。

ここにいても、何もできない。

何もできないのに、紅茶もお菓子も、私には――。

「奥様、どうされました、奥様……！」

気遣わしげに何度も名前を呼ばれて顔を上げる。

気づくと、私はいつものように、部屋の隅の床に座り込んで膝《ひざ》を抱えていた。

「奥様、どうしてそのような場所に……」

ジャニスさんが心配そうに私の顔を覗き込んでくる。

私は震える腕をきつく摑んだ。

お洋服、借り物なのに。床に座って、汚してしまった。こんな情けない姿を、見られてしまった。

――私は何をしているのだろう。

「ごめんなさい……私、服を、汚してしまって……」

「そんなことはいいのですよ！　奥様、落ち着いて、大丈夫ですから……」

「ごめんなさい……」

情けなさと申し訳なさで、謝罪の言葉以外に、何一つ出てこない。

失敗してしまった。

また間違えてしまった。

私は話すことができなくて、頭も悪い、木偶《でく》だから。

そう何度も言われてきた。「気味が悪い」「言葉を話すこともできない、馬鹿な子」「役立たず」「不気味な白蛇」「木偶。ぐず。早く仕事をなさい！」――使用人たちから投げかけられた沢山《たくさん》の言葉が、頭の中をぐるぐる回った。

不吉な、白蛇だから。お父様に、背中を――。

「……奥様！　大丈夫ですから、落ち着いてください。今、旦那様を呼んできますから……！」

見開いた目から、ぼろぼろ涙がこぼれた。

私の姿を見て、ジャニスさんが慌てたように部屋を出ていった。

あぁ、迷惑をかけてしまった。役に立たない上に迷惑をかけてしまって、私は――どうしてまた泣いているのだろう。

（私は、役立たず。何もできない。不吉で忌まわしい、白蛇。ここにいては、生きていては、いけない……）

唇を噛《か》んで、流れた涙をごしごし手の甲で擦《こす》った。

誰かに優しくしてもらうことがはじめてで――気が、緩んでしまったみたいだ。

私の涙なんて、気味の悪いものでしかないのに。泣いたって、私を哀れむ者は誰もいない。ただ、虚《むな》しいだけ。余計に、叱られるだけ。

それなのに――。

「アミティ」

扉が開いて、再びジャニスさんがいらしたのかと思った。

けれどその声は低い男性のもので、顔をあげた私の視線の先には、ハイルロジア様がいらっしゃる。

「ハイルロジア様……」

私は小さな声で、名前を呼んだ。こんな姿、見せてはいけない。けれど、立ち上がろうにも体が言うことをきかない。

ハイルロジア様は私の元へ真《ま》っ直《す》ぐ歩いてくると、床に座る私の前に膝をついた。

視線を合わせて私の顔を覗き込むハイルロジア様の瞳に、情けない泣き顔をした白いばかりで不気味な私の姿が映っている。

「ジャニスが君を心配して、俺を呼びにきた。すまない。俺が君を泣かせてしまったのだな」

無骨な手が、指先が私の頬に遠慮がちに触れる。

触れるとすぐに壊れてしまう繊細な宝石に接するように、目尻の涙を拭われた。

あたたかい。人の、体温。硬い皮膚の感触。優しい言葉と、気遣いに満ちた片方だけの赤い瞳。

(情けない姿を、見せてしまった。私に居場所をくださったのに……)

心臓が軋《きし》む。優しさが嬉しいのに、無数の針につき刺されたように胸が痛い。

「ハイルロジア様のせいではありません……申し訳ありません、このような姿を、お見せしてしまって」

「いや。……君は、知らない場所に一人。頼る者もいない。その上恐ろしいと評判の俺に、形式上でも妻にするなどと言われたら、怯えるのも当然だ」

やや困ったように、ハイルロジア様は言う。それから自嘲気味に薄い笑みを浮かべた。

「戦場の死神。死神辺境伯。悪鬼。片面の化け物。俺のあだ名は多い。全ていい意味ではない。君も、俺が怖いだろうが……俺は君に危害を加えるつもりはない。大丈夫だ。使用人のように働く必要もない」

「ち、違うのです……! それは、違います……!」

必死だったからだろうか、思いのほか大きな声が出た。

ハイルロジア様が怖くて怯えているわけではない。私の態度はそう思われても仕方のないものだっただろう。私が――ハイルロジア様を拒絶しているように見えたのかもしれない。けれど。

「ごめんなさい、私が全て悪いのです。辺境伯家の方々は優しくて、ハイルロジア様はここにいていいとおっしゃってくださって、感謝しています。怖いなどと……」

「無理をする必要はない。怯えられることには慣れている。アミティ、色々噂は耳にしているだろうし、それに、……俺の顔を見るのは、恐ろしいだろう。片側の顔が爛《ただ》れた男などあまり見たいものではあるまい」

ハイルロジア様はそう言うと、眼帯のある方の顔を隠すように僅《わず》かに私から顔を背けた。

確かに大きな傷だけれど、私はハイルロジア様のことを、はじめてお会いした時から美しいと思っているのに。

「ハイルロジア様のお顔を、怖いなんて思いません。傷はあるけれど……とても美しいと、思います」

「――美しい？」

驚いたように見開かれた、深紅の瞳が綺麗。

艶のある黒い髪も、白い肌も、逞《たくま》しい体も。

「そんなふうに言われたのは、はじめてだな。噂に怯え、そして実際に目にすると、皆この顔に怯える。……だが君は、俺の崩れた顔が怖くないのか？」

「は、はい……痛々しい傷跡だとは思いますが、……ハイルロジア様は綺麗です。とても」

こんなに美しい方がいるのかと、思った。だからハイルロジア様は、ご自分を卑下する必要なんてない。立場もある立派な方だ。

私――本当に、ハイルロジア様の妻になることができたら、よかったのに。

そんなことを考えてはいけないのに、邪《よこしま》な欲望を抱いてしまいそうになる。私はハイルロジア様に相応しくない。

ハイルロジア様はまじまじと私の顔を見つめた。

「そうか……ありがとう」

それから目を細めて、口元に笑みを浮かべた。笑わない厳しい方なのかと思っていた。けれど、少し表情を変えただけでその印象は柔らかいものに変わる。笑顔も――とても、綺麗。

ハイルロジア様は思案するように目を伏せると、未《いま》だに座り込んでいる私に手を差し伸べてくださる。

「アミティ、座ろうか。こちらに」

「……申し訳ありません」

「責めているわけではない。床も悪くないが、侍女たちが心配するからな。それに、寒いだろう。辺境の地は冷える」

私は差し伸べられた手に、恐る恐る自分の手を重ねた。

ハイルロジア様の手に触れるなどいけないことだとは思うけれど、拒絶はできなかった。

触れた手のひらは硬くて、優しく握られるとすっぽりと私の手が全て包み込まれてしまうぐらいに大きい。

この大きな手は――私に、痛いことをしない。お父様の、ようには。

――あたたかい。

駄目だとわかっているのに。気持ちが高揚してしまう。触れていただいて、嬉しい。優しくしていただいて、嬉しい。

けれどそれと同時に――酷く、怖い。

どうして怖いと思うのか、わからない。ハイルロジア様のことは怖くないのに、優しさが、自分に向けられる感情が、怖いと感じてしまう。

ハイルロジア様に促されて、私はリビングルームにあるソファに座った。大きな暖炉には火が入っていて、赤々とした炎が燃えて揺れている。

「アミティ、君は俺の妻だ。俺は君に触れないし、怖いことはしない。だが、妻という立場なのだから、堂々とここにいてくれて構わない。まだ慣れないだろうが、しばらくは何もせずにゆっくり過ごすといい」

「ハイルロジア様……」

「俺のことはシュラウドと」

私の隣に座ったハイルロジア様が、ご自分の胸に手を当てて言った。

ハイルロジア様――シュラウド様。

その名前を呼ぶことは、禁忌であるように感じられる。名前を呼んでしまったら、私は――。

「……いけません」

「どうして？」

「私は、あなたの名前を呼ぶことのできるような立場では、ありません……」

「君は公爵令嬢であり、俺の妻だ。親しく名を呼ばない方がおかしい気がするのだが」

私は――。

「……シュラウド様」

小さな声で、名前を口にした。なんともいえない甘美な感覚が胸に広がっていく。

恥ずかしい。そして――嬉しい。

誰かの名前を呼べることが、美しいシュラウド様の名前を呼べることが、嬉しい。

あぁ、でも、駄目だ。きっと、シュラウド様もそのうち私を嫌うだろう。

公爵家では使用人のように扱われていて、とても公爵令嬢とは思えない生活を送ってきた薄汚い私なんかを、本当の妻にしてくださるわけがないのだから。

漠然としていた恐怖の理由が、形作られていく。それは失うかもしれないという怖さだ。期待を抱いてしまう。誰かの優しさに縋《すが》りたくなってしまう。それは、怖い。

「アミティ」

シュラウド様は大切な何かにそっと触れるように、優しくゆっくりと私の名前を呼んだ。

私の名前。シュラウド様に呼んでいただくと、とても特別なものに思えてしまう。

本当に、ここにいていいのだと。もう苦しいことは起こらないのだと、勘違いしそうになる。

「ここには君を苦しめる者はいない。君の自由を奪ったりもしない。大丈夫だ、アミティ。これからは、俺が君を守ろう。そして家の者たちも、君の味方だ」

「シュラウド様……」

「君に名を呼ばれると、俺は……」

シュラウド様は言葉を句切って、それから軽く頭を振った。それ以上何も言わずに立ち上がると、「ジャニスに新しい紅茶を運ばせよう」と言って、部屋から出ていった。

――守ると、言われた。私を。公爵家ではずっと不吉な蛇で、役立たずの邪魔者でしかなかった、私、なんかを。

ふんわりと、胸があたたかい。

あたたかいけれど、同時にまるで酷い嵐が訪れる直前のような、言いようのない不安と恐怖に襲われる。

私はスカートをきゅっと両手で握りしめる。

優しくされればされるほど、それを失うのは怖い。

私などは使用人の一人でよかったのに。仕事を与えてもらえば、ここにいる意味が見つかったのに。ゆっくり休んでいいと言われた。名前を呼ぶ許可を与えてくださった。私は妻という立場でここにいていいとも。

シュラウド様はきっととても優しい方だ。噂とは違う。

それなら余計に、迷惑をかけたくない。ジャニスさんも、シュラウド様も、ハイルロジアの方々は皆、優しい。

私はシュラウド様が出ていった扉をじっと見つめる。

「やっぱり、だめ……」

ここにいると私はシュラウド様や皆の負担になる。

結局私はきっとまた、床に蹲《うずくま》って怯えるような醜態を晒してしまう。

そのたびにきっと、皆を困らせてしまう。

そうしていつか、私は嫌われてしまうかもしれない。怖い。とても、怖くて。ただ冷たくされるよりもずっと、それは恐ろしい。

——ここには、いられない。

「ごめんなさい……」

負担になりたくない。迷惑をかけたくない。失うのは、怖い。好意を抱いてしまいそうになるのが、怖い。だから——私はここから、どこかに。どこか遠いところに、行こう。そう思うと少し、心が軽くなった。

優しさも気遣いも嬉しくて、シュラウド様に名前を呼ばれると、心がふわりと軽くなって体が熱くなって。このままここにいると、私には不相応な感情に身を委ねたくなってしまう。それがいつか失われることを知りながら、自分が抑えられなくなってしまう。

怖い。温《ぬく》もりや優しさを得られる喜び以上に、失うことが怖い。

静かに部屋を抜け出すと、誰にも気づかれませんようにと願いながら、廊下を進んで一階に降りる。

足音を立てないように、けれど素早く誰もいない広いホールを通り過ぎると、入り口の扉がある。扉を抜けると、石畳の道と、その先には森が広がっていた。

辺境伯の屋敷は、外観も内装も、城砦というのがしっくりくる造りになっている。

これは国境を守る役割があるから、お屋敷自体を堅固にしているのだろう。

石畳の道の先は跳ね橋になっていて、有事の際には橋を上げることができるようだ。

私は跳ね橋を小走りで通り抜けた。

辺境伯家の人々はみんな寝静まってしまったみたいで、誰とも会わなかったし、呼び止められることもなかった。

ほっとしながら、足を進める。

森の道を抜けると、たぶん街がある。

馬車が走ることができるように森の道は整備されていて、まっすぐ進めば抜けることができる。私を乗せた馬車は、この道を進んできたのだから。そう思って、私は何かに追われるように早足で森の道へと向かった。

雪こそ降っていないけれど、吐く息が白い。

冷気が顔や手や、足といった剝《む》き出しの皮膚に突き刺さるようだった。

「……最初から、こうしていればよかった」

公爵家からも、それから、ここまで私を乗せてきた馬車からも、逃げる機会はいくらでもあった。

けれどその選択肢を今まで思いつくことができなかった。

こんな私でも――生きたいと、思っていたのかもしれない。

いや、自分が生きていることさえ、忘れていたのかもしれない。

木々に覆われた森の道を進む。はあはあと息が切れる。風が吹くたびにざわつく木々の隙間から、何かが私を見ているような気がした。

草むらをかき分ける音が聞こえた気がして、私は音のした方をじっと見る。

——草むらの奥に、赤く輝くいくつかの目がある。

「誰、ですか……」

人ではない何かだとわかっているのに、そう問わずにはいられなかった。人の声で返事があることをどこかで祈りながら声をかけると、返ってきたのは「グルル……」という、喉の奥を震わせるような低い声だった。

動物の唸《うな》り声だ。

「……っ」

息を呑《の》む。

足が、がくがくと震えた。

——野犬に襲われるか狼に襲われる。

シュラウド様の言葉が脳裏を過《よぎ》る。私は、それを聞いて知っていたはずなのに。自分のことばかりで精一杯だった。死というのがこんなに身近にあるものだと、考えていなかったのかもしれない。それとも、こんな自分など死んでしまってもいいと、心のどこかで考えていたのかもしれない。

私は、愚かだ。

「お願い、来ないで……っ」
二、三歩後退《あとずさ》る。草むらが、不吉にガサガサと鳴った。
そこから飛び出してくる獣の姿を確認する前に、私は転がるように駆け出した。

ジャニスの言うとおり、アミティは床の上で膝を抱えて座っていた。

その姿に少なからず衝撃を受け――同時に、なんらかの心の傷を抱えているのだろうことを理解して、オルステット公爵への怒りが湧き上がった。

オスルテット公爵家でのアミティはよい扱いを受けていなかった。それは理解できたが、具体的に何があったかまではわからない。

今はまだ、アミティから聞き出すことはできないだろう。

苦しい過去など、本人の口から語らせるべきではない。心の傷はいずれ時間が風化させてくれる。完全にはなくならないだろうが、薄めることはできる。

それまでは穏やかに、この辺境の地で暮らしてほしい。

「……美しい、か」

アミティのいる部屋から出て、俺は思わず綻《ほころ》びそうになる口元に手を当てた。

誰かからあのように言われたのは、はじめてかもしれない。

ハイルロジア領にいる者たちや、この屋敷にいる者たちは俺の姿に慣れている。それ故、爛れて歪んだ片顔を見ても恐怖で視線を逸《そ》らしたりはしない。

だが、それはハイルロジア領でだけのことだ。ハイルロジア領にいても俺に慣れない者は俺の姿を怖がることもあるが――貴族の社交の場になると、本当に、どうしようもない。

とはいえ、死神やら悪鬼やらと陰口を言われることも、恐ろしいものや気味の悪いものを見たように眉を寄せられ視線を逸らされることも、恐怖に青ざめ悲鳴をあげられることも、別にどうとも思わない。

それが普通だと、考えていた。

だから、アミティがあのような反応をするとは考えていなかった。

慣れない土地に来た疲労や、知らない者たちに囲まれるという緊張、そして――俺のような男の妻にならなくてはいけないという恐怖と不安。

だから余計に、心の傷が広がって、恐慌状態をきたしてしまうほどにアミティは追い詰められてしまったのだろう。

そう思っていたのに、アミティは自分の苦しみよりも俺の苦しみを和らげることを選択してくれた。

自分のことで精一杯に見えたのに、彼女は俺の目を真っ直ぐに見つめて「痛々しい傷跡だとは思いますが……ハイルロジア様は綺麗です」と、遠慮がちに、けれどはっきりと言ってくれた。

俺が怖いから世辞を言っているわけではない。

飾り気のない純粋無垢《むく》で、真摯《しんし》な言葉だった。

思わず――その体を抱きしめそうになってしまった。

それはそうだろう。あのような愛らしい、まるで妖精のような女性が、精一杯の勇気を振り絞って俺のために言葉を紡いでくれたのだ。

俺のものにしてしまいたくもなる。

「頭を冷やそう……」

可憐な声で「シュラウド様」と呼ばれると、本当に俺の妻にしてしまいたいと思う。

怖がらせたくない。傷つけたくない。

俺のような人殺しが触れていい相手ではない。それは、わかっているのに。

美しく可憐なアウルムフェアリーの翼をもぎ取って、本当に鳥籠に閉じ込めてしまうような真似は、してはいけない。

その華奢《きゃしゃ》な四肢を腕に抱いたら、どんな感じがするのだろうか。

きっと俺の心は歓喜に震え、もっと欲しいと欲を抱くだろう。

ただでさえ傷ついているアミティを更に傷つけるようなことを、してしまいそうになる。

俺の元で、安らかに暮らしてほしい。せめてアミティが抱えているものが解決するまでは。

オルステット公爵家が彼女にしただろうなにかしらの暴虐を突き止めることができれば。

——国王陛下にアミティを渡す、か。

嫌だなと思う。

冷静に、物わかりのいいことを頭では考えているのに、心は——どうにも、ままならない。

こんなことは生きてきてはじめてかもしれない。

若い頃は、感情にまかせて生きていた。けれどその時代も過ぎて、もういい大人《おとな》だ。いい加減落ち着いたものだと、考えていた。

アミティの存在は、俺の心を乱す。

切ないぐらいの健気《けなげ》さと、清らかさが、眩《まぶ》しい。

「旦那様！」

執務室に戻り心を落ち着かせるために書簡に目を通していると、ジャニスが今度はノックもせずに部屋に駆け込んできた。

「どうした？」

「アミティ様がいらっしゃいません！　新しいお茶をお持ちしたら、部屋に誰もいなくて……っ、屋敷中を捜し回ったのですが、姿がないのです……！」

悲鳴のような声で、ジャニスが言う。

俺はがたりと音を立てて椅子から立ち上がった。

――そうか。

俺は、アミティをまだ理解できていなかった。

ハイルロジアの雪解け水が流れる清廉な川のように純粋で清らかなアミティは、迷いなくこの屋敷から出ていったのだろう。

誰にも迷惑をかけたくないと。迷惑をかけるぐらいなら、消えてしまうことを選択したのだ。

この短時間で、誰にも見つからずに出ていった。それはもしかしたら、彼女が本当にアウルムフェアリーだったからかもしれない。

雪原に輝く金色の妖精は、誰かに見つかる前に静かに姿を消してしまうのだ。

「すぐに捜しにいく。大丈夫だ、必ず見つけ、連れ戻す」

「旦那様……」

「アミティは、俺のものだ。そうすると決めた」

「はい、旦那様！　信じて待っています」

「あぁ。皆に、祝言を楽しみにしているように伝えろ」

取り乱しているジャニスを安心させるために、軽口を叩いて笑みを浮かべると、俺は部屋から駆けだした。

妖精が姿を消してしまう前に、俺が捕まえなければ。

捕まえてこの腕に閉じ込めて、もう二度と、逃げられないように――深く愛そう。

アミティが俺の腕から逃げたいと不安に思う暇も与えないぐらいに、深く。

言い訳をするのはやめた。俺の血に塗れた手も、彼女はきっと受け入れてくれる。

俺はアミティが欲しい。

だからどうか——無事でいてくれ。

焦る心を抑えながら、俺はハイルロジアの屋敷の屋上へと向かった。

走って追いかけるなどしていたら間に合わないだろう。森の奥深くにまで迷い込んでしまっていたら、馬では見逃してしまう危険もある。

だとしたら——聖獣を呼ぶのが一番早い。

◆出奔、迷走、救出

風が木々を揺らす音。自分の呼吸音。草むらをかき分ける音。靴底が木の枝を踏みしめる音。その音に混じり、獣の唸り声が近づいてくる。

私を追ってくるのは——狼だ。

数はわからない。一匹ではないことだけはわかる。

グルグルと喉の奥で唸り声をあげながら、涎《よだれ》を垂らしながら、狼たちが私に追ってくる。

「嫌、こないで……！」

久々の狩りを楽しむように、狼たちは私からつかず離れずの位置で追ってきていた。

狼よりも速く走ることができるなんて思わない。誰もいない森の道をまっすぐ逃げてもきっとすぐに追いつかれてしまう。

せめてと思い、私は草むらをかき分けて森の中に入った。

木々の隙間を縫って、走る。ショールやスカートが、枝に引っかかって引きちぎれる。

私に飛びかかってくる狼たちが、靡《なび》くスカートやショールを嚙みちぎった。ガチガチと、牙を嚙み締める音がする。

ヒュッと、喉の奥で嫌な音があがった。ぜえぜえと自分の呼吸の音がうるさい。

苦しい。息が苦しい。足が、痛い。震える足を、痛む脇腹を叱咤《しった》して、ひたすらに足をすすめる。枯れ葉を踏みしめ、倒木を乗り越え、枝を折りながら。鋭い草をかき分ける。

皮膚に傷がついたのだろう、ピリッとした痛みが走った。

けれど、構っている場合ではない。このままでは、食い殺されてしまう。

そう思いながらも私は、とうとう足元に突き出ていた木の根に足を取られて、走っていた勢いのままに地面に転がった。

「っいた……っ！」

身体中に、落ち葉や枯れ枝がまとわりつく。ドレスは無残に裂けている。

転んだ痛みで、一瞬息を忘れた。詰まった息を逃すようにげほげほ咳《せき》をしながら、私は腕を地面について、体を起こした。

「いや……こないで、おねがい……」

転がっている私を円形に取り囲むようにして、数匹の狼たちが私の周りをうろうろと歩いている。

半開きの口からだらりと舌が覗いている。口からは空腹を訴えるようにして、涎がだらだらと垂れている。尖《とが》った牙が、大きな口の中に並んでいるのが見えた。

「……っ、私、は」

辺境伯家の方々に迷惑をかけるぐらいなら、いなくなってしまいたいと、望んでいて。

だから、お屋敷から逃げて、ここまできたのに。

食い殺されるのが——怖い。

怖い。

体が、がたがたと震えた。

怖い。怖い。痛いのは、嫌。噛み殺されるのが、怖い。

怖い。怖い。怖い。死にたくない。怖い……！

「いやぁああっ」

狼たちが私めがけて一斉に牙を剥いて、飛びかかってこようとしている。

怖い。痛いのは嫌！　死ぬのは、嫌……！

「アミティ！」

一陣の風が吹いたような気がした。

誰かが、唐突に木の上から落ちてきたみたいだった。

うずくまる私の、見上げた先に、広い背中がある。

黒い軍服に身を包み、二本の剣を手にしている。

唸り声をあげながら襲いかかってくる狼を、その方は鞘《さや》に入ったままの剣で叩き落とすように、地面に沈めていく。

凶暴な狼が、ついさっきまで唸り声をあげていた化け物のように見えていたのに——圧倒的な強さの前では子犬のように小さく見える。

一匹一匹と、飛びかかってくる狼を軽々と鞘に入った剣で払う。弾《はじ》き飛ばされた狼は、恐れをなしたように尻尾《しっぽ》を巻いて耳を垂れる。

本能で勝てないと悟ったのだろう。悲鳴のような声をあげながら、狼たちはあっという間に逃げていった。

「アミティ、大丈夫か⁉」

剣を腰に戻すと、その方は――シュラウド様は私に駆け寄ってくる。

私は呼吸の仕方を忘れたような息苦しさを感じた。

「っ、ぁ、う」

「落ち着いて、アミティ。大丈夫だ。息を、吐いて」

シュラウド様は私の前に膝を突くと、私の体を抱きしめるようにして、背中を撫《な》でてくださる。

私は硬い体の感触と、温かさを感じながら目を閉じた。

「っ、ふ、うう……っ」

嗚咽《おえつ》と共に涙がこぼれ落ちて、止まらなかった。

泣きじゃくる私を、シュラウド様は辛抱強く宥《なだ》めてくださった。

シュラウド様に抱きしめていただくと、私はとても小さくなってしまったような気がした。

人の温もりというのは、抱きしめられるというのは――こんなに、安心する。

「シュラウド様……シュラウド様……っ」

「あぁ、ここにいる。大丈夫だ。怖かったな。よく頑張った」

シュラウド様は私の背中を撫で、髪を撫でる。力強く抱きしめられると、緊張していた体の力が少し抜けた。息を吐き出すことができる。呼吸が楽になる。

「怪我《けが》は？　転んだ傷があるな。他には？」

「……大丈夫です……他には、なにも」

「よかった」

シュラウド様は深く息を吐き出した。

「間に合ってよかった。君が無事で、本当に」

「ごめんなさい、わたし……にげた、のに、助けていただいて……迷惑を、かけてしまって……」

「そんなことはいい。君が無事であれば、それで」

「シュラウド様、ごめんなさい……」

「謝る必要はない」

シュラウド様は私から体を離すと、私の顔を真剣な表情で見つめた。

ぼろぼろ溢れる涙を、皮の厚い無骨な指先が拭う。

「すまなかった。一人にするべきではなかった。……君がどこにもいないと、ジャニスが血相を変えて俺の元に来てからすぐに捜しに出たのだが、正直、かなり焦った。本当に、無事でよかった」

シュラウド様は安堵《あんど》したように笑った。全てを許してもらうことができたような、優しい笑みだった。

「怖かっただろう。それに、痛かったな」

気遣うように言われて、胸がいっぱいになる。

怖かった。それに、痛かった。今も体のそこここが、ずきずき痛んでいる。安心したからか、痛みを体が思い出したみたいだ。

「もう大丈夫だ、俺がいる。ハイルロジアの死神伯にかかれば、狼など恐れるに足りない」

「シュラウド様……ごめんなさい……」

私を安心させるように、シュラウド様は力強く励ましてくださる。

謝らなくていいと言われたのはわかっている。けれど謝罪の言葉ばかりが、唇からこぼれ落ちてしまう。

どうして、怒らないのだろう。迷惑をかけたのに。こんなところまで、助けにきてくださった。

オルステット家の人なら、私がどんな目にあっていても見ないふりをするのに。

「謝るのは俺の方だ。……君を追い詰めてしまった。役割も与えず、正式な妻にするとも言わず、ハイルロジアの屋敷にいてよいなどと……君の立場であれば、余計に気に病んでしまうだろう。屋敷から出ようと思う程に」

私は首を振った。

シュラウド様が謝ることなんて、何もないのに。

全ては、私が――。

私が、悪い。

私は生きているだけで――皆に、迷惑をかけてしまうから。

「助けていただいて、ありがとうございます。でも……これ以上、迷惑をかけられません」

また情けない姿を見せてしまった。自分勝手にお屋敷から逃げたのに、狼に襲われたのは自業自得なのに、泣いて怖がって。

私は、いなくなりたい。

消えてしまいたい。誰にも迷惑をかけないように。誰にも見られないところで、一人で、静かに。

私はシュラウド様の腕から逃れて、立ちあがろうとした。

「アミティ。迷惑などと思っていない。それに、俺は君を手放すつもりはない」

シュラウド様は逃がさないというように私を強引に引き寄せる。逞しい腕の中に閉じ込められて、私は身を硬くした。

「俺を美しいと褒めてくれた君を、失うのかと。二度と、会えなくなってしまうのかと思った。今まで怖いものなど何もなかったのに、はじめて怖いと思った」

「シュラウド様……」

「君を失いたくない。君がどこか遠くに行くというのなら、俺は君と共に行こう。そして君を脅かす全てのものから、俺は君を守るだろう」

「どうして……どうして、です、シュラウド様……私に、そんな価値なんて、ないのに」

どうしてそんなに、優しくしてくださるのだろう。

私はシュラウド様に今日初めてお会いしてからずっと、役に立たないどころか迷惑しかかけていないのに。

涙腺がおかしくなってしまったみたいに、涙が溢れてとまらない。シュラウド様のお洋服を汚してしまうのに。唇を噛んでとめようと思うのに、嗚咽が漏れてしまう。

泣きたくなっても、泣くとうるさいと叱責されるから、声を出さないようにしていたのに。

そのうち、涙を流すこともなくなって。ぬるい諦観の中で、ただ密やかに息をするような生活を続けていくと、思っていた。

ハイルロジアのお屋敷に来てから、私はずっと、シュラウド様やジャニスさんたちに甘えてしまっている。

「俺は君を妻として迎え入れると言った。だが君には触れたりしないと約束をしたのは、君の自由を保証したかったからだ。俺のような男ではなく、血の臭いのしない優しい男の元へと君は行くべきだと考えていた」

シュラウド様は抱きしめていた私の体をそっと離すと、私の顔を覗き込んだ。

今の私は酷い顔をしているとわかるのに、真摯に注がれているシュラウド様の赤い瞳から、その真っ直ぐな視線から目をそらすことができない。

「それは、間違っていた。……俺は、俺の本心を、もっと早く君に伝えるべきだった」

「本心……」

「あぁ。ひと目君を見たとき、美しいと思った。君はいい色をしている。とても綺麗だ。……そして、君が俺の顔を怖くないと言って褒めてくれて……心が浮き立つのを感じた」

シュラウド様は美しい。心から、そう思う。

けれど私は――褒められるものなんて、何一つない。

「私は、不吉、です……。私は、蛇なのです。不幸を呼ぶ、白い蛇……」

――ずっとそう、家族から言われてきた。

私が生まれたから、オルステット公爵家には不幸が訪れた、けれどシェイリスが生まれてやっと、幸せを取り戻すことができたのだと。

私の顔を見ると虫唾《むしず》が走る。吐き気がする。――消えてしまえばいいと、何度も。

「そうして君の周囲の者は、君を貶めたのだな。アミティ。俺には君が、美しいアウルムフェアリーに見える」

シュラウド様の低い声がゆっくりと丁寧に言葉を紡いだ。

「アウルム、フェアリー……？」

耳慣れない単語を繰り返す私に、シュラウド様は目を細めて微笑む。

「あぁ。金色の妖精のこと。雪原に輝く、幸運を運ぶ妖精だ。君の白い肌や白い髪は雪のようだ。そして金の瞳は雪原の妖精のように輝いている。君は美しく愛らしい」

そんなことを言われたのははじめてだった。

私が——幸運の妖精。

そんなわけがないのに。けれど——心の奥でとても小さな花が咲いたみたいに。真っ暗闇の中でうずくまっている私の元に、一筋の光がさしたみたいに。

——嬉しい。

優しくされるほどに、恐ろしいのに。失うことは怖いのに。不吉な白蛇が誰かに愛されたいなんて望んではいけないことを、理解しているつもりなのに。

嬉しいと、思ってしまう。

「……アミティ。俺は君が欲しい。俺を恐れない君を、失いたくない」

シュラウド様は私の頬を、大きくて皮膚の皮が厚い硬い手で包み込んだ。

「国の貴族は俺の顔を見ると夜中に幽鬼にでも遭遇したように、青ざめ怯える。貴族令嬢ならば、なおのこと。俺の妻にと望めば、舌を噛んで死んだ方がまだいいと言うだろう」

「……そんな」

「だが、アミティ。君はそうではない。君は、俺の顔をまっすぐ見てくれる。俺の傷を見ても、不愉快そうに顔を歪めたりしない。……君が欲しいという気持ちを、伝える前に君を失わずにすんでよかった」

「……私は役立たずで、いらない人間です」

「それなら俺が貰ってもいいだろう？　俺の妻になってくれ。形式上ではなく、本当の」

シュラウド様はそう言って、優しく私の手を取った。

私の見開いた瞳にシュラウド様の精悍《せいかん》な顔が映っている。嘘《うそ》のない真っ直ぐな瞳が、私を、私の奥まで全て見透かすようにじっと見つめている。

「シュラウド様の、本当の妻に、私が……？」

震える声で、シュラウド様の言葉を繰り返した。まるで、夢を見ているみたいだ。

ハイルロジア家に来てからずっと、幸せな夢を。

私にとって夢なんて、怖いものでしかなかったのに。

「あぁ。俺のような化け物からの愛などいらないかもしれない。だが、俺は君が欲しい。君が逃げるならどこまでも追っていこう。もう遠慮はしない」

「シュラウド様は化け物なんかじゃありません……！　私を助けにきてくださった時……空から、雄々しく美しい神様が現れたのかと、思いました」

本当に、そう思った。

そして今も。こんなに美しい人を、私は他に知らない。

「恐ろしい死神だろう？」

「違います。美しく輝く、明星のようでした」

「……ありがとう、アミティ」

シュラウド様は私の体を、包み込むように抱きしめる。

押し付けられた胸から、ドクンドクンと、心音が伝わってくる。

あたたかい。安心する。同時に、恥ずかしい。苦しさも罪悪感も何もわからなくなってしまうほどに、頭が茹《ゆ》だるようにくらくらした。

森のざわめきも獣の声も。全ての音が遠くなっていくみたいだ。

「他の誰かにとって……君自身にとっても君が無価値だとしても、俺にとっての君は美しい妖精だ。俺の、幸運の妖精」

「シュラウド様……」

「君が欲しい、アミティ。俺のものになってくれ」

「……あなたの、ものに」

——なりたい。

シュラウド様のものに、していただけるのなら。

無価値で生きる意味もない、不吉な私でも、いいのなら。

そんなことを望んではいけないのに。でも、嬉しい。苦しい。不安で——頭の中が、ぐちゃぐちゃで、言葉がうまく出てこない。

「俺のものになれ、というのは違うな。君は俺のものだ。俺がそうすると決めた」

何かを決心するようにして、シュラウド様はよく通る張りのある声で、そう言った。

シュラウド様は私を軽々と抱き上げて、立ち上がった。

シュラウド様は表情が乏しく、感情が顔に出ない方のように感じられたのに。

今はまるで別人のように、快活に、そしてどこか得意気に、自信に満ちた笑みを浮かべている。

「アミティ、君は俺のもの。誰もが、君自身でさえ価値がないと言った君を、俺が手に入れた。幸運の妖精が、俺に幸運を運んできたようだ」

「私は、あなたの……」

私に選択肢を与えないことで、考えさせないようにしてくれているようだった。

私が悩んでばかりで、自分を卑下してばかりいるから。シュラウド様のものになれと言われても、私なんかがと、頷くことができないから。

言葉からシュラウド様の優しさが感じられて、胸が詰まるように苦しい。

「あぁ。そうだ。アミティ、ここは寒いだろう。……近くに駐屯用の小砦がある。屋敷よりは近い。今は誰もいないから、休憩するにはちょうどいい」

「お屋敷に、帰らないのですか……？」

「二人きりは、不安か？」

私は首を振った。

私は、シュラウド様のもの。心の中で、それを反芻する。

シュラウド様は私の目尻に軽く口づけた。驚いて目を見開いた私に嬉しそうに微笑むと、しっかりとした足取りで歩き出した。

◆森の中の小さな砦

シュラウド様が草むらを進んでしばらくして、小道が現れた。

夢中になって走って逃げたので、私は森の中ですっかり迷子になったと思っていたのだけれど、シュラウド様はご自分のいる場所をしっかり把握していらっしゃるようだった。

私はシュラウド様の腕の中で、何も言葉を口にすることができずに小さく縮こまっていた。

迷惑をかけてしまったという罪悪感と、欲しいと言っていただけた喜びと戸惑いと、抱きあげられた体の熱さでどうにかなってしまいそうだった。

「アミティ、君は軽いな。そして柔らかい。幸運の妖精を抱いて運べるとは、光栄なことだ」

「……シュラウド様……私、そのようなものでは……私は不吉な、蛇で……」

「王国は広いからな。オルステット公爵領は、我がハイルロジア辺境伯領とはかなり離れた場所にある。国の最北の領地になど、余程の物好きでもない限り来ないだろう」

ハイルロジア辺境伯家に馬車がたどり着いたのは昼過ぎで、今はもう日が陰り始めている。

毎日のようにお庭で洗濯をしていた私は、オルステット公爵家の暖かい日差しについては、よく覚えている。

空に輝くお日様は同じものだと思うのに、オルステット公爵領とハイルロジア辺境伯領とは、その日差しも気候も何もかもが違う。

「我が領地では、雪原で金色に輝く妖精を、幸運のアウルムフェアリーと呼ぶ。君の白い髪や金の瞳は美しく、崇《あが》められこそすれ、貶められるようなものではないよ」

「……白い、蛇のようだって……私の、家族も使用人たちも、言っていて……白蛇と、私は、呼ばれて……」

「俺は白い蛇も美しいと思う。アミティ、君は美しい。こうして暗い森の中にいると、本当に妖精のようだな」

「お世辞でも……嬉しいです」

こういう時、なんと返したらいいかわからない。

容姿を褒められたことなんて、ない。

小さな声を絞り出すようにして、なんとかそれだけを言った。

シュラウド様は私を元気づけるために、沢山気を遣ってくださっているのだろう。

ありがたい、けれど――苦しい。

「アミティ、俺は腹芸の類いは得意ではあるが、得意な分、不要な時にはそれをしたくないと考えている。つまり、俺は君に嘘をつかない」

シュラウド様はやや苦い顔をして、続ける。

「数刻前、俺は君を妻として契約をしてほしいと言って傷つけただろう。その結果がこれだ。あと少しでも遅れていれば、君は森の中で狼に無惨に食い殺されていた」

「……それは、私が」

「君に落ち度などない。慣れない地であのように言われれば、傷つき逃げ出そうとするのは当然のことだ。すまなかったな、アミティ」

「あ、あやまらないで、ください……そんな、私は、そのような……」

「何度も言うが、俺のような男に触れられて、悲鳴をあげず、青ざめて震えない貴族令嬢など、この国には君ぐらいしかいない。俺は幸運だ。君が、俺に幸運を運んできてくれた」

「私には、そんな……」

小さな声しか出ない私とは真逆で、シュラウド様は明るく快活な声音で話した。

先程も感じたけれど、最初にお会いした時の声音とは、やっぱりまるで違う。本来のシュラウド様はこのような方なのか、それとも私を元気づけようとしてくれているのか、わからない。

けれどその声を聞いていると――とても安心できる気がした。

何もかもが、大丈夫だと言われているような気持ちになってしまう。

いけないのに。私には勿体ないのに。嬉しさと、拒絶感とが綯交《ないま》ぜになって、気を抜くとまた情けなく泣き出してしまいそうになる。

小道を進むと、唐突に立派なお屋敷が現れた。

お屋敷というよりは、小さな砦のようにも見える。

高い石壁に囲まれた石造りのお屋敷は、どことなく寒々しい。

「着いたぞ、アミティ。思いがけず、ハイルロジアの屋敷から逃げ出せたな。皆には何も伝えてこなかったが、まぁ、いい。俺のことだ、連絡がないとなれば問題がないと思われているだろう」

「連絡をしないと、心配、されてしまうのではないでしょうか……シュラウド様は、大切な立場のある方です」

「死神と呼ばれるほどに俺は強い。一人にしていても死にはしないと思われている。心配はされているだろうが、させておけばいい」

「で、でも……」

「家人たちが俺の心配をするのは、家人たちの勝手だ。心配をするなと言っても勝手に心配をする。放っておいてかまわない」

「私のせいで、迷惑を……」

「娶った妻と、二人きりで一夜を過ごすのは、ごく普通のことだろう?」

シュラウド様は本当に、私を妻にしてくださるのだろうか。

でも、そうじゃなかったとしても。

私はシュラウド様に――。

「シュラウド様……私……」

「怖いか、アミティ。狼に襲われたところを助けた男もまた、狼だとしたら」

「私、私に、できること、なら……」

私はシュラウド様の軍服をぎゅっと摑んだ。

こんな私を求めてくださるのなら。差し出せるものはなんでも、差し出したい。シュラウド様が欲しいと言ってくださるのなら、何でも。

「俺の花嫁は健気で可愛《かわい》いな。……本当に、襲ってしまいたくなる」

私を、シュラウド様のものにしていただけるのだとしたら。何もない私にも、差し出せるものが少しぐらいはあるだろうか。

「なんて、な。そう急ぐつもりはない。だが、アミティ。俺の嫁である君と二人で一夜を明かすのだから、何一つ悪いことはしていないだろう。家人に気を遣う必要はない」

私は何をされても構わない。

そう言おうとしたけれど、シュラウド様は先に冗談めかしてそう口にして、明るく笑った。

「今は何も考えなくていい。アミティ、俺に抱きついていろ。君は柔らかく温かい。ハイルロジアの寒さも、忘れてしまいそうなほどだな」

シュラウド様は門を抜けて、私を抱き上げたまま器用に鍵を軍服から取り出して、鍵穴に差し込んでガチャリと回した。

お屋敷の扉を開くと中は外と違って絨毯《じゅうたん》が敷かれていて、寒々しさはあまり感じなかった。

「ここは、森の見張り用の小砦だ。ハイルロジア辺境伯領に隣接してスレイ族がいる。それから隣国のオスタリア帝国。どちらも我が国の領土を狙っている。ハイルロジア辺境伯家は有事に備えて強固な造りになっているが、そこまで兵に攻め込まれないために、森の各地にこのような小砦が点在していてな」

「そうなのですね……」

「あぁ。今は季節が冬に向かっているだろう。冬に戦争を仕掛けてくるのは余程の愚か者だ。冬の行軍は兵站《へいたん》を食い潰す。つまり現状は落ち着いている。砦はいつでも使用できるように管理はしているが、常に人が詰めているわけじゃない。鍵を持ってきておいて正解だったな。君と二人きりになることができた」

「は、はい……」

シュラウド様はそう言いながら私を部屋の奥まで運んだ。

一階にある広いリビングのソファに私を座らせると、私の足元に膝を突いた。

「あらためて、すまなかったな、アミティ。それに怖い思いをさせた。衣服も切れてしまったな。足はどうだろうか、切り傷はないか。走って疲れただろう。靴を脱ごう」

「わ、私……」

「俺に全て任せておけ。君は何も考えなくていい」

シュラウド様はそう言うと、私の履いている足首まである茶色い革靴を丁寧に脱がせた。

靴下もするりと脱がされると、白すぎて不健康な足が顕《あらわ》になった。

「シュラウド様……っ、だめ、です……」

「やはりな。慣れない靴で走ったせいだ。踵《かかと》が切れている。それに、草で切ったものと転んだときのものだな。擦り傷もできている」

「あ……」

大きくて無骨な手が、私のふくらはぎをたどり、スカートを捲《まく》り上げて顕になった太腿《ふともも》に触れた。

「この分では、腕にもあるな。せっかく嫁いできてくれたのに、傷を負わせてしまうとは。アミティ、ここにいろ。傷薬を持ってくる。それから、逃げてはいけない。逃げたとしても、俺は君を追いかける。俺はしつこいぞ、かなりしつこい。だから、逃げるだけ無駄だ」

「……シュラウド様……ご自分で、しつこい、なんて……」

どことなく自慢げにシュラウド様が言うので、なんだか、胸がふんわりして。

私は、思わず笑みをこぼした。

シュラウド様はそんな私の頬をさらりと撫でると、目を細めた。

「愛らしいな。泣き顔も可愛いが、笑った顔も可愛い」

「あ、ありがとうございます……」

褒められることに慣れていなくて、私は恥ずかしくなって俯いた。

私、笑っていた。

笑ったことなんて——今まであっただろうか。あたたかくて切なくて、恥ずかしくて。こんな気持ちになったのは、はじめてだ。

「……アミティ、いい子で待っていろ」

「は、はい……」

私は捲り上げられたスカートの裾を摑んだ。

シュラウド様は「寒いだろう」と言って、手早く暖炉に火を熾《おこ》してくれた。

パチパチと炎の爆《は》ぜる音が、小さく聞こえる。

部屋が暖まると共に、窓が白く曇った。

シュラウド様を待つ間、私は自分の腕をきつく摑んで震えていた。ソファに座っている自分は、何かが間違っているような気がする。

シュラウド様と二人でいるときは、沢山話しかけてくださることもあって、悪いことを考えなくてすむ。けれど、一人になると、黒々とした分厚い暗雲に空が覆われるように、過去の記憶が牙をむいて私の心に襲いかかってくる。

――白蛇の寝床など、物置小屋で十分でしょう。

――食事を共に摂るなんて、気味の悪い。消えてちょうだい。裏庭にでも行って食べなさいな。

古い使用人がいなくなり、新しい使用人が増えるたびに、私の名前を呼ぶ者は減った。

蛇蝎《だっか》の如《ごと》く――文字通り、私は蛇のような見た目なので、その通りなのだけれど。私は、嫌われていた。

最初は少しは、どうして――と、思っていたかもしれない。

途中から、それが当たり前になって。嫌われることが、当然になって。

私は、色が違うから。

公爵家にいさせてもらうことだけで、ありがたくて、自分がお父様やお母様の子供であることさえ、忘れる日も多かった。

私は、やはりシュラウド様に優しくしていただく価値はないのだと、どうしても思ってしまう。

「……アミティ、そこは居心地《いごこち》がよさそうだな。俺も共に座ろう」

気づけば私は、部屋の隅にぺたんと座り込んでいた。

自分がいつここにきたのか、記憶はまるでそこだけ切り取られたようになくなっている。

シュラウド様の声がして顔を上げると、シュラウド様は口元に笑みを浮かべて私の元へまっすぐに歩いて、私の正面へと腰を下ろした。

「部屋の隅というのは、落ち着くな。俺も狭いところは、案外好きだ。駐屯地の天幕などは、中央と四隅に杭《くい》を立てて幕を張るんだが、あの狭さはなかなか癖になる。簡易式のベッドなどは寝返りを打てないほどで、椅子なども小さい。何事も大きければよい、広ければよいというものでもない」

なんでもないことのように床に座って、シュラウド様は身振り手振りで天幕などの説明をしてくださる。

話が頭に入ってこない。私は、また。やっぱり、醜態を晒してしまった。

「シュラウド様……！　ごめんなさい、私のせいで、床に……っ」

私は床に頭を擦り付けるようにして、謝った。

正確には、謝ろうとした。

私が頭を下げようとすると、シュラウド様はすぐに私に手を伸ばして、私の体を強引に腕の中に抱き込んでしまったのだ。

硬い胸板が、頬に当たる。

そのまま軽々と私の体をシュラウド様は自分の膝の上に乗せて、横抱きにした。

破れた衣服が乱れて、靴と靴下を脱がせてもらった足がむき出しになる。

窓からは夕方の優しい光が差し込んでいて、暖炉の炎に照らされた私の足には、確かにそこここに切り傷があるようだった。

「自ら俺に抱きついてくれるとは、光栄だな」

「ち、違います、私……っ」

「アミティ、俺はしつこい。その上、思い込みも少々激しい。君が俺に向かって倒れ込んできたように、俺には見えた。妻に押し倒してもらえるとは男冥利につきるというものだ」

「シュラウド様、そうではなくて……っ」

私は、謝ったつもりだったのに。

シュラウド様はまるで聞こえていないように、上機嫌で私をぎゅうぎゅう抱きしめてくださる。

「床に座るぐらいなんだというんだ？　知っているか、アミティ。俺たちが蛮族と呼ぶスレイ族は、絨毯に座って暮らしている。そこで茶も飲むし、食事も摂るんだ。食器を床に置いてな」

「シュラウド様、でも、私のせいでシュラウド様まで、床に……」

「君が床に座るのが好きだとして、何もおかしいことではない。俺も好きだ。床に毛布を持ってきて、今夜は暖炉の前で眠ろう。きっと楽しい」

シュラウド様は本当に楽しそうに、そう言った。

あぁ。なんて、優しい方なのだろう。

シュラウド様は私の事情を無理に聞き出すようなことをしない。全てをあるがままに受け入れるように、ごく自然に、楽しそうに振る舞ってくださる。

胸が、締めつけられるように切ない。

シュラウド様に感謝をしている。けれど、この感情は、多分それだけじゃない。

「楽しいことをする前に、傷を見よう。足を見せてくれるか？」

「は、はい……」

私に確認をとってから、シュラウド様は私のスカートをめくりあげると、床に置いていたらしい薬壺を手にした。片手におさまる程度の硝子《がらす》の壺には、緑色の軟膏《なんこう》が入っている。

「さぁ、アミティ。薬を塗ろうか。ハイルロジアの軍でよく使われている傷薬だ。クトミールの葉を煎じて、油と混ぜたものだな。これが、よく効く。少し染みるかもしれないが、我慢できるか？」

「はい、大丈夫です……あの、自分で……」

「アミティ、俺に触れられるのは嫌か?」

「……嫌、じゃ、ないです……」

私は首を振った。

シュラウド様は、私を助けてくれて、優しくしてくださって。

怖く、ない。

嫌とも、思わない。

けれど、申し訳なさや罪悪感が、どうしても胸の奥にこびりついた黒い染みのように、離れてくれない。

「それでは、じっとしていろ。痛かったら俺に抱きついても構わない。可愛い君に抱きつかれるのは、嬉しい」

私がそれ以上何か言う前に、シュラウド様はさっさと指先に軟膏をすくいあげると、私の足に指を滑らせた。

踵から、足の裏。それから、ふくらはぎや、大腿《だいたい》の傷を丁寧に指が辿る。

軟膏は僅かにひやりとして、冷たい。

体温で油がとろけて皮膚に染み込むと、シュラウド様の手の熱を感じた。

「ん……っ」

傷に軟膏が、ひりひりと染みる。

私はシュラウド様の服を摑んで、俯いた。

痛いとき誰かに縋るなんて、したことがなくて。

傷を心配してもらったり、手当てしてもらったりしたことなんて、一度もなくて。

じわじわと、涙が目尻に滲む。

私、泣いてばかりいる。シュラウド様の元に来てから、ずっと、泣いてばかり。

こんなこと、今までずっとなかったのに。

「……アミティ、痛いか。すまないな」

「違うんです……こんなふうに、心配していただくのは、はじめてで……嬉しくて」

「そうか。これからは俺が君の心配をするから、傷を負わないようにどうか気をつけてくれ」

「ご迷惑をおかけしないように、します」

俯く私の頭を、シュラウド様は軟膏を塗っていない方の手で優しく撫でた。

「迷惑ではないよ。……綺麗な足だな。形がいいし、白くて美しい。治療のために触れたが、役得というものだ」

「綺麗、なんて、……不気味でしょう、……白いばかりで」

「誰にも触れられていない新雪のように白く美しいよ。足は終わった。次は、腕も見せて。軟膏を塗っておけば、傷はすぐに塞がる。傷跡も残らない」

「腕……」

「あぁ、そうだな。破れた服をずっと着せているというのも問題だ。着替えを持ってこよう。服を脱いだ時に薬を塗って……それから、何か、食べ物と飲み物も用意しよう。アミティ、珈琲《コーヒー》は好きか?」

「……わ、私、お水、ぐらいしか飲んだことがなくて……」

使用人たちと共に食事を摂ることも嫌がられていたから――温かい飲み物や食べ物とは、縁遠い生活を送っていた。

これまで当たり前だったけれど、今はそれが、無性に恥ずかしい。

私のとても公爵令嬢とは思えない生活を知れば、シュラウド様も私を軽蔑するかもしれない。失望するかもしれない。

「そうか。それはいい。アミティ、知らない食べ物が多いのはいいことだぞ。これからたくさんはじめての経験ができるということだからな」

私の不安など吹き飛ばしてしまうぐらいに、シュラウド様の声は明るい。

「それでは試しに珈琲を飲んでみようか。とびきり甘くしよう」

「甘い、珈琲……」

「女性は大抵の場合、甘いものが好きだろう。ジャニスなどは、よく休憩時間にシュークリームを十個も二十個も食っている。……二十は言い過ぎかな。十は食う。俺は見た」

「シュークリーム……」

「中に甘いクリームの入った焼き菓子のことだ。ハイルロジア領は寒い。だから、菓子は甘いものが好まれ、酒も度数の高いものが好まれる。体を温めるためだろうな」

「そうなのですね。私、知らないことばかりです」

「知らないことが多いのもいいことだ。アミティも、甘いものを沢山食べるといい。今のアミティも美しいが、もっとふくよかになってもいい。どんな君でもきっと愛らしいだろう」

シュラウド様は薬壺を床に置いて、私をもう一度痛いぐらいに強く抱きしめると、額にそっと口づけた。

「君は俺の、幸運の妖精だ。アミティ、俺の妖精は俺の頼みを一つ聞いてくれるか？」

「わ、私にできることなら、なんでも……」

抱きしめられた体も口づけられた額も、全部が熱を持っているみたいだ。

寒さと恐怖に凍えていた体が、今は嘘のように熱い。

「部屋の隅もいいが、少し寒いだろう。暖炉の前の絨毯に行ってもいいか。柔らかいし、寝そべるのにも丁度いい」

「は、はい……」

私が頷くと、シュラウド様は私を抱き上げて、暖炉の前の毛足の長いふわふわした絨毯の上に降ろした。

それから私の頬をさらりと撫でると「着替えと珈琲と、食べ物を持ってくる」と言って、部屋からもう一度出ていった。

私は柔らかい絨毯の上に膝を抱えて座って、暖炉の揺れる炎を見つめていた。

頭がぼんやりする。

色んな感情が一気に押し寄せてきて、何も考えることができなかった。

ただ、息苦しくて。でも、あたたかくて。

分不相応だと思うのに、ここから逃げることが、できない。

◆古い傷跡

シュラウド様は約束通り、珈琲の入ったカップがのったトレイを持って、着替えを腕に引っ掛けて戻ってきた。

私の座っている絨毯の上に銀のトレイを置くと、腕に引っ掛けていた服をばさりと広げた。

それは男物の黒いローブに見えた。何の飾り気もないすとんとしたローブで、私が二人は入ってしまうのではないかというぐらいには大きい。

「アミティ、軍というのは基本的には男所帯でな。荷物置き場を漁《あさ》ってみたが、丁度いい着替えはこれぐらいしかなかった。これは本当は上下揃いの寝衣なんだが、上着だけでも小柄な君には十分なのではないかと思うが、どうだろう」

「ええと、あの、はい……」

私の身長よりもお洋服の裾が長そうだった。

頷く私の前にシュラウド様は膝を突いて、着替えを置くと、私のショールに手をかけた。

「部屋は暖炉の炎で暖まっただろうが、脱ぐと少し寒いかもしれない。薬を塗ったらすぐに服を着せる。我慢できるか？」

「はい……」

私は俯いた。

それはつまり、お洋服を脱いで見せるということ。

貧相な体を見られてしまう。きっと失望される。それだけならまだいい。

――私には、生きてきた環境と同じぐらいの、欠陥がある。

「アミティ、傷を見るだけだ。心配ない」

怖がる私を宥めるように、シュラウド様が声をかけてくださる。

シュラウド様は私からショールを外すと、スカートや袖がぼろぼろになっているドレスを脱がせてくれた。

辺境伯家で着せていただいたドレスは背中にある紐《ひも》を解かないと脱げない作りなので、一人での脱ぎ着は困難だ。

貴族の女性の服は基本的にはそのような作りになっている。私は違ったけれど、貴族令嬢は自分で服を脱いだり着たりすることはまずない。

「……あぁ、美しいな、アミティ。なんて見惚《みと》れている場合ではないな。やはり腕にも擦り傷がある。薬を塗ろう。寒くはないか？」

「大丈夫です……」

白いレースの下着だけになった私は、自分の体を両手で隠した。

けれど、腕を出すように言われて、遠慮がちに片腕ずつシュラウド様に差し出した。

丁寧に傷薬が腕に塗り込められる。

皮膚の上を無骨な手が滑るたびに、皮膚が粟《あわ》立つようなぞわりとした感覚が背中を這い上がってくる。

嫌悪感とも違う何かに私は戸惑い、空いている方の手をぎゅっと握りしめた。

「腕と、足、だけかな。軽い傷で済んでよかった。少しでも俺がたどり着くのが遅れていたら、体のどこかが、噛みちぎられていたかもしれない。本当に、無事でよかった」

シュラウド様はそう言って、私の体を確認するように視線を向ける。

腕や、腹や、足や顔を見た後に、その視線は背中で止まった。

「――アミティ、これは」

私はびくりと体を震わせる。

気づかれてしまうだろうことは、わかっていた。

背中のそれを、私は自分で見ることができないけれど。きっと、無残な状態になっているのだろうと、思っていた。

「……何があった。何をされた……！」

シュラウド様は私の両腕を摑むようにすると、私の顔を覗き込む。

私は俯いたまま、首を振った。

「ごめんなさい。私、傷のある、女なのです……どのみち私はシュラウド様には、ふさわしくなくて……」

「そんなことはいい。君に傷があることを咎めているのではない。新しい傷は傷薬で治るが、古い傷はそうはいかない。……これはかなり古いものだな。子供の頃か？　こんなに大きく……残酷な」

「……っ」

シュラウド様は私の体を腕の中に閉じ込めるようにして、慎重に抱きしめてくださる。

服を着ていない皮膚には、シュラウド様の軍服の硬さや、その下の体の逞しさがより近くに触れる。鼓動さえ、皮膚を通して伝わってきそうなほどに近い。呼吸をするのを忘れてしまうぐらいに、胸が苦しい。

シュラウド様の手のひらが、私の肩甲骨の上あたりにある古傷の形を辿るようにして、優しく触れた。

自分では見ることができないけれど、そこには大きな傷がある。

幼いころにできた、――あの時の傷だ。

「……何故このようなことを。火傷《やけど》ではないな。皮膚を剝がされたような傷跡だ。何のために……！」

「私にも、よく、わかりません……ある日、父に呼ばれました。手足を縛られて、動かないようにベッドに、括《くく》り付けられて、背中を……。その後のことは、よく覚えていません。ただ、熱くて、痛くて、わけがわからなくて……」

忌まわしい記憶だけれど、今でもそのことを思い出すと、微かに混乱する。

父は私を嫌っていたけれど、父から暴力を振るわれた記憶は、後にも先にもそれ一度きりだ。

何が起こったのかは、その時はよくわからなかった。冷たいナイフの切っ先が、背中の皮膚に当てられた。

切り裂かれる痛みに、ただ泣きじゃくることしかできなかった。

私が憎くて、罰を与えたのかと思った。

けれど罵られるわけでもなく、殴られることもなく、何かの目的を持ってそうしたようにも感じられる。

何のためなのかは、今でもまるでわからないけれど。

「……アミティ。なんて酷いことを。公爵が、憎い。今すぐ同じ痛みを与えてやりたい」

「……シュラウド様、見苦しいものをお見せしてしまい、申し訳ありません」

「見苦しくなどない。残酷な傷跡だが、傷跡を含めて、君は美しいよ」

シュラウド様は、私の体をゆっくり離すと、私の背中に祈るようにして口をつけた。

傷跡に触れる唇の感触に、私は切なく眉を寄せた。頬が染まる。高貴なシュラウド様が、そんなところに触れるのは、いけないのに。

逃げられない。拒絶の言葉さえ、紡ぐことができない。

「……見られるのは怖かっただろう。辛《つら》かったな、アミティ。……君のことを俺に教えてくれて、ありがとう」

疎まれるのだと思っていた。醜悪だと、眉をひそめられるのだと思っていた。

まさかお礼を言われると思っていなくて、私は驚いて目を見開いた。それから瞬きを幾度か繰り返す。

喉に言葉がつかえてしまって、声が出てこない。

シュラウド様は私に手早く洋服を着せてくださった。

それはシュラウド様がおっしゃっていた通り、私にはずいぶん大きい。

袖は余るし、裾は足元まで隠れてしまう。

首元もぶかぶかで、肩がずるっと落ちそうになるぐらいだ。

体が、隠れると安心した。

同時に、再び不安になる。

私は肉付きが悪くて小さくて、背中にあのような傷のある、不健康なほど白い不気味な女だ。

シュラウド様は優しい言葉をくださるけれど。

心の奥に染みついた恐怖は、鬱屈した自己嫌悪は、皮膚の下を私とは違う別の何かが這い回っているかのように、我が物顔で私の心を侵食していく。

「アミティ。背中の傷も君の色も、俺は好ましく思うよ。もちろん君を残酷な目に遭わせたオルステット公爵や、その家族や使用人たちには怒りを感じる。まともな治療もされず残った傷跡だと、見ればわかる。君の苦しみや痛みを思えば、怒りで腑《はらわた》が煮えるようだ」

「……シュラウド様、このような傷のある体では……私はあなたにふさわしくありません。……お側《そば》に置いていただけるのは、ありがたいことと思います。逃げたりはしませんから……だから私を、使用人として雇っていただけませんか……？」

どうすればいいのか、考えた。

シュラウド様は私が逃げたら追いかけてきてくださるとおっしゃる。逃げれば逃げるほどに、迷惑をかけてしまう。

だとしたら、シュラウド様の優しさに甘えて、ハイルロジア辺境伯家に置いていただこう。

使用人として正式に雇っていただくことができれば、シュラウド様にご迷惑をかけなくてすむかもしれない。

「君は俺のものだ。それは使用人などではなく、妻にするという意味だ」

「でも……！」

「傷がなんだというんだ？　ハイルロジア領は常に侵略の魔手に脅かされている土地だ。軍人が多く、女性でも時には斧《おの》や槍《やり》を持って戦うことがある。そうさせないのが俺の役割ではあるが」

シュラウド様は戯れるように私の髪のひとふさを手にすると、軽く口づける。

髪に口づけられたのに、身体中の神経が髪に集中してしまったかのように、身体がぞくりとして、震える。

嫌、じゃない。

恥ずかしい。恥ずかしくて落ちつかなくて、シュラウド様と一緒にいると、どうにかなってしまいそう。

心の中を無理やりこじ開けられて、知らない感情を引き摺《ず》り出されているような、泣きたくなるような解放感と心地よさと、息苦しさでいっぱいになる。

「体の傷は、痛い。だが心の傷はもっと痛いだろう」

「……っ、わかりません、昔のことなのに、思い出すと、怖くて。もう終わったことなのに」

「……よく、耐えた。心が壊れそうになるほどの仕打ちを受けて、君はそれでも俺に迷惑をかけまいと、考えてくれる。心の奥にある硝子細工のように繊細で、清らかで優しい君の本質は、誰にも汚されることなく輝き続けているのだな」

「……そんなことはないです……私、そんなふうに言われると、どうしていいのか、わからなくて……」

優しくされると——好きに、なってしまう。

一生懸命心に蓋をしても、無理やりこじ開けられるみたいに。

私の傷を見て、私のために怒ってくださった。

よく耐えたと、褒めてくださった。

シュラウド様のことを私は、好きになってはいけないのに。

この優しい方の、傍にいたいと願ってしまう。

シュラウド様は怯える私を勇気づけるように、自信に満ちた笑みを浮かべる。

「俺の傍にいろ。君が得られることのなかった十八年分の愛情を、そうだな——三日、三日で取り戻そう」

「……どうして……シュラウド様は、私に会ったばかりで……」

「君を愛することに、時間や理由が必要か？」

「……わかりません、私」

どうして優しくしていただけるのか、わからない。

「森の中でも伝えたが、もう一度言う。君は、俺を怖いと思うか？」

私は首を振る。

怖いとは、思わない。シュラウド様と一緒にいると、まるで嵐の中に立ちすくんでいるみたいで、体がばらばらになってしまいそうなほど、感情が乱れるけれど。

それは『怖い』とは違う。

「君は俺を怖がらない。そんな女性をみすみす腕の中から逃すほど、俺は間抜けではないよ」

「私は、傷がある、不吉な蛇なのに」

「アミティ、君は美しい。そして清らかで優しい人だ。君が自分をどう評価しようが、俺はそう思う」

「シュラウド様……私、……嬉しいのに、おそろしいのです……私をそんなふうに褒めてくださる方は、お話をしてくださる方は、愛してくださる方は……一人も、いなかったから」

本当は、受け入れたい。

私もあなたが好きだと、言ってしまえたら。

でも、怖い。どうしても、怖い。

「これからは俺がいる。心配せずとも、俺は死神と呼ばれるほどに強いからな。君を残して消えることはない。俺が君を守る。だから君は俺だけ見て、俺に溺れていればいい」

「……シュラウド様……」

荒波に揉《も》まれるような感情に、熱に、私はただ身をすくませていた。

顔が、熱い。瞳は潤んで焦点を結ばない。

シュラウド様の手が伸びて、私の頬に触れる。髪を撫でて、視線がぶつかる。

そうすることが当たり前みたいに目を閉じると、唇に軽く柔らかいものが触れた。

戯れるように何度かそれを繰り返す。

吐息が触れ合う。唇が、軽く重なっては離れる。ただそれだけなのに、全身が熱を持ったように熱い。

体に力が入る。胸の鼓動が鳴り響いて、体の奥がざわざわした。

シュラウド様がおっしゃっていたように、何も考えられなくなる。

「……アミティ。あまりにも君が健気で愛らしいものだから、触れてしまった。……嫌ではないか？」

「私……嫌じゃ、ありません……」

名残惜《なごり》しそうに触れていた唇が離れて、額がこつんとぶつかった。

顔が近くて、薄く開いた視界が濁る。

シュラウド様の体温は私より少し高いみたいで、触れられた場所が全部、熱い。

好き。

この美しく強く優しい方が、私は――。

「もっと、触れたい」

「……っ、はい……」

「まるで初恋を知ったばかりの少年のようだな。……ちゃんと、駄目だと言って躾《しつ》けないと、どこまでもつけあがるぞ、俺は。気をつけた方がいい」

シュラウド様はそう言って笑うと、艶やかな雰囲気を変えるように、明るい声音で続けた。

「アミティ、せっかくだから珈琲を飲もうか。クッキーもある。本当は花嫁のために盛大な食事を準備して、夕食を共にする予定だったんだが、これはこれで悪くない。まるで駆け落ちをしているようで楽しいな」

「か、駆け落ちですか……」

「あぁ。家から君を連れて飛び出して、山小屋でこうして共に暖炉の前でありあわせの食事を摂る。駆け落ちのようだろう？　鹿や猪《いのしし》などを捕まえて捌《さば》いて焼いて食べたら、もっと雰囲気が出たかもしれないのだがな」

「鹿、猪……」

「鹿や猪は嫌いか？」

「食べたことが、ないです……」

「クッキーは？」

私は首を振った。シュラウド様は嬉しそうににこにこしながら言う。

「それはいい！　珈琲も、クッキーも、鹿や猪も。俺は全て君のはじめてを見ることができるということだな。それじゃあまずは珈琲だな。少し苦いが砂糖を多く入れて、甘くしてきた。甘い珈琲とクッキーを口に入れながら、不機嫌になる者はいない」

シュラウド様に床のトレイの上に置いてあった大きなカップを渡されて、私は余った袖から手を出すと、それを受け取った。

手の中のカップは、温かい。

シュラウド様に促されて口をつけると、ほろ苦さと甘さが口いっぱいに広がった。

「美味しいです……」

美味しい――。

こんなに美味しいものを口にしたのは、はじめてかもしれない。

どうしてか、じわりと涙がにじむ。涙腺が壊れてしまったみたいに、溜まった涙が頬を伝って落ちていく。

シュラウド様はごく自然に私の涙を指先で拭ってくださった。

「そうか、よかった。これから眠るのに、珈琲はどうかと少し思ったんだが。君とはたくさん話をしたい。それに明日何かの急用があるわけでもない。今夜は夜更かしをしようか。それで昼過ぎまで寝ていよう」

「そんなに、寝ていてよいのですか……？」

「もちろん。最高に楽しい休暇だな、隣には美しい君がいる。俺は世界一運がいい」

「……シュラウド様、その、……たくさん、気を遣わせてしまって、ごめんなさい」

楽し気にそう言うシュラウド様は、ここに来てからずっと私を元気づけてくださっているように思えた。

私が謝ると、にわかに目を見開いて、明るい声で笑った。

「気は遣っていないぞ。俺は俺の好きなように常に生きているのでな」

「シュラウド様は、優しい方です……私には、もったいないぐらいに」

「俺を優しいと言うのは、国中探しても君ぐらいしかいないだろう。君を俺のものにすると言った暴虐な男を優しいと思ってはいけない」

「暴虐なんて、そんな……シュラウド様、ありがとうございます」

私が頭を下げようとすると、シュラウド様は手にしていた四角いクッキーを私の口の中に無理やり押し込んだ。

「っ、ふ、……っ」

「甘くておいしいだろう。砂糖とバターと小麦粉を丸めて焼いただけで、美味いのだから、すごいことだな」

口の中にいっぱいになったクッキーは、嚙み締めると、サクサクと音がした。

舌の上でほろりとほどけて、優しい甘さが口に広がる。

「クッキーには、シナモンが入っている。不思議なものでな、珈琲やシナモンは精神を落ち着かせる薬になる。だから軍の駐屯地にはよく置かれている。ハイルロジア領の者たちは珈琲とシナモンを好む。いつ敵襲があるかわからないような土地だからだろう。生活の知恵だな」

「……美味しいです。本当に、美味しい……」

苦しかった心も罪悪感も——体の芯がほんのりと温まったように、薄れていく。

シュラウド様は私の頭をぐりぐりと撫でた。

「どんな愛の言葉よりも空腹が癒える方が……甘さが体に染み渡る方が、効くだろう」

どこか得意気にシュラウド様がそう言うので、その様子が可愛らしくて、私は口元に自然と笑みを浮かべていた。

◆怖い夢を見ないように

シュラウド様は本当に毛布をベッドから剥いで暖炉の前へと持ってきた。

それから私を後ろから抱きしめるようにして腕の中に収めると、毛布をかぶってぐるぐる巻きにした。

シュラウド様の体と毛布に包まれた私は、心臓にきつく巻き付けられていた鎖がほろほろと解《ほど》けていくような、奇妙な感覚を味わっていた。

ずっと、息苦しかったのに。

今は、すんなりと呼吸をすることができるみたい。

「アミティ。君は色が違うからと、ずっと使用人のような扱いをされてきたというのか？」

シュラウド様に尋ねられて、私はぽつぽつと自分のことを話した。

といっても私に話せることなんて、ほんの少ししかないのだけれど。

「はい。……いえ、ずっと、というわけではないのです。幼い頃は、……家族からは嫌われていましたけれど、最低限の食事や、着る物や部屋いただいて……それから教育も。字が読めないとか、算術ができないとか、そのようなことはなくて」

「オスルテット公爵は、君を娘として育てていたのだな。君がある程度の年齢になるまで」

「はい……。誰かに嫁がせると、お父様はおっしゃっていました。けれどその日は来なくて。お父様に背中を……裂かれてから、私の役目はもうない、役立たずなのだから、働けと言われて……」

「話したくないことは、話さなくていい」

「……ありがとうございます。十歳の頃、だったと思います。それからはずっと、私は使用人の一人でした」

ぽつぽつと記憶を辿りながら私は話した。

シュラウド様は急かすようなことはなく、熱心に聞いてくださる。

「私、……こんな見た目、ですから。傷も、背中にあって。だから……シュラウド様が私を妻に望んでいると聞いた時は、何かの間違いかと思ったのです。……案の定、間違いでしたから、私は帰らなくちゃって思って……でも、シュラウド様が私をお屋敷に置いてくださるとおっしゃって、私、ほっとして……」

「ジャニスがそれはもう心配していた。君の様子はどこかおかしい。公爵家で酷い扱いをされたのではないかと」

「……ジャニスさんには、迷惑をかけてしまいました。困らせてしまって……」

「気にする必要はない。ジャニスは人の世話を焼くのが好きなんだ。それでも君が気になるというのなら、帰りに街で土産《みやげ》に栗のタルトでも買っていこう。ジャニスの好物だ。二十は食うな」

「栗のタルト……」

「あぁ。タルト生地の中に、栗のペーストが入っていて、上に栗の甘煮と栗のバタークリームが載っている。甘いぞ。脳髄が痺《しび》れるほど甘い」

「そんなに、甘いのですか？」

「そうだな。これでもかというぐらい甘い。……食べてみるか、アミティ」

「は、はい……」

そんなに甘いのかしら。今日口にした珈琲もクッキーも甘くて美味しかった。それ以上に甘いものがあるなんて。

栗のタルトについて考えていると、シュラウド様が私の耳元に唇を寄せる。

「俺にとっては、君との口づけの方が甘いな。もう一度触れても？」

「……っ、はい……っ」

私はシュラウド様の腕の中で小さくなって頷いた。

まだ慣れない――けれど。

珈琲とシナモンクッキーのおかげか、私は少し気持ちが楽になっていて。

胸が詰まるような息苦しさも罪悪感も、シュラウド様のそばにいる時には、考えなくていいのかもしれないと思い始めていて。

私が申し訳ないと思うことは、シュラウド様の気遣いや優しさを、拒絶することのような気がした。

「……ん」

背後から覆いかぶさるようにして唇が重なった。

軽く触れて離れていくそれは、確かに――ひどく甘い。くらくらするぐらいに、甘くて。

私はここにいてよいのだと、思うことができる気がした。

「俺の幸運の妖精。君に口づけられることに、感謝を。……アミティ、俺は本当に幸運だ。オルステット公爵が君を俺の元へと間違えて送ってきてくれて、君に出会えて、よかった」

「……違うのです、それは……違うのです、シュラウド様」

「違うとは？」

「お父様は、わざと私を、……要らない方を、あなたに押し付けたのです。妹は、王太子殿下と結婚すると言っていました。……シュラウド様のことを、貶めるような行為を、父は……」

シュラウド様に、きちんと言わなくては。

父はわざと私をシュラウド様の元に送ったのだ。要らない方を、捨てたつもりだったのだろう。

「理由はどうであれ俺が幸運であることには変わりない。俺はアミティを手に入れることができた。美しいアウルムフェアリーをこうして腕に閉じ込めることができているのだから、公爵の思惑などは瑣末なことだよ」

「……でも、シェイリスの方が、美しいのです。私みたいに、不吉な容姿をしていないから……金の髪と、青い瞳の、美しい子で……」

「それは嫉妬をしてくれているのか、アミティ。可愛らしいな。俺がシェイリスに取られるのではと、不安に思ってくれているのか？」

「そ、そうでは、なくて……」

「俺は嬉しいよ。その調子で、どんどん嫉妬をしてくれ。いや、嫉妬をさせるようなことは何もないのだが。とすると、今の感情はとても貴重だな」

「違うのです、そうではなくて……」

シュラウド様は私の言葉などまるで聞こえていないかのように、嬉しそうに笑った。

それから私を抱きしめたまま、絨毯の上に寝転がる。

シュラウド様に抱えられたまま横になった私は、そのまま力強く抱きしめられた。

暖炉の炎も、シュラウド様の体も、毛布も、全部、暖かい。

ここはすごくあたたかくて……安心できる。

「アミティ、君が俺のものであるように、俺も君のものだ。君から手を離したりはしないし、君を誰にも奪われることはない。だから心配する必要はないよ」

「でも、私……ごめんなさい。……嬉しいのに、間違っているって、思ってしまって……そんな価値は私にはないって、どうしても、考えてしまって……」

「それでいい。俺は、構わない。長い年月をかけて君の心は削られていったのだろう。人はどこまでも残酷になれるものだ。兎角《とかく》、自分が正義と信じているときは残酷さには拍車がかかる」

「私は……」

「オルステット公爵家の者たちにとって君が貶めてもいい異物だったとしても、俺にとって君が幸運の妖精であることに変わりはない」

「でも……私は、不実です。……シュラウド様の優しさを、疑うのと、同じで」

「そんなことを気にする必要はない。俺は君を愛している。愛とは増えることはあっても減ることはない。君の削られ損なわれた心にある愛情の硝子瓶が今は空だったとして、俺が毎日それを満たしていこう。君がもう十分だと音を上げるぐらいに」

シュラウド様の手が、私の髪を撫でる。

額に目尻に唇が落ちる。全身で愛情を伝えていただいているみたいで、私の空っぽの小さな硝子瓶は、すぐにいっぱいになって溢れてしまうような気がした。

「アミティ、いい夢を。もし怖い夢を見てしまったら、俺が君を脅かす者たちを全て退治しよう。俺は死神だからな。夢の中まで、君を助けにいくことができる」

「シュラウド様……それは、とてもすごい、です」

「あぁ。自慢ではないが、俺はかなり、すごい。おやすみ、アミティ。明日もずっと一緒だ。安心して眠るといい」

「……はい……シュラウド様、おやすみなさい」

私はシュラウド様の胸に額をつけると、目を閉じる。

あぁ、私は。

この方といると——眠ることが、できる。

意識がふわりと宙に浮かんでいくようだった。

炎の音と、風の音と、シュラウド様の心音と、呼吸の音と。

全部が、心地《ここち》よくて。

いつもは微睡の中に揺蕩《たゆた》うばかりで、覚醒と眠りの境が曖昧なまま夜を過ごしていたのに。

今日は——夜の帳《とばり》が降りるように、私の意識も、暗闇の中へと落ちていった。


「……アミティ」

——お父様が、私の名前を呼んだ。

アミティは、私の名前。滅多に呼ばれることはないのだけれど。

自分の部屋で家庭教師の先生が出してくださった宿題の算術を解いていた私は、部屋から出てお父様についていった。

お屋敷は広くて、お父様が廊下を歩くと使用人の方々は廊下の端に背筋をまっすぐにして立って、頭を下げる。

お父様は、立場のある方だ。

家庭教師の先生のお話では、今の国王陛下の弟なのだという。

お父様はオルステット公爵の長女であるお母様と結婚なさり、オルステット公爵となった。

元々オルステット公爵家には公爵家を継ぐべき長男がいたのだけれど、体が弱い方だったらしく、お父様が婿入りをする頃にはもう病で寝ついてしまっていた。

その方も、お祖父様やお祖母様も私が生まれてしばらくして、病でお亡くなりになった。

だから——オルステット公爵家の者たちが病で早くに亡くなるのは、不吉の象徴のような色をした私が生まれたせいだと言われていた。

私はお母様の色ともお父様の色とも違う。王国には、私と同じ色を持つ人はいないのだという。

お母様は最初は、お父様に不義を疑われたらしい。

生まれた私が別の男性との子供ではないかと疑われて、お母様はひどいことをされたそう。

けれどお母様は不義などはしていなくて、全ては私が呪いを背負ってしまって生まれたからだと、今は言われている。

——私が生まれた時。お母様のお腹《なか》の上に、白い蛇が乗っていた。

そう、誰かが言った。

お母様はそれで、悲鳴をあげたのだという。だから生まれてきた私には、白蛇の呪いがかかっているのだと。

白い蛇は、何度もこの国を侵略しようとしてきている北の部族であるスレイ族の象徴である。

だから私は呪いの子として、疎まれていた。

私も——自分のことなのに、わからない。どうして、こんな色に生まれてしまったのだろう。

私だけ、どうして色が違うのだろう。

本当に私は、呪われていて。私がいると、皆が不幸になるのではないかしら、と。

「……どうして、お前にその刻印があるのかずっと、不思議だった」

お父様は、私を見ながらぽつりと言った。

古めかしいベッドが一つだけあるお屋敷の端にある部屋は、誰も使っていない。

使用人たちは一階を使用していて、お父様やお母様、妹は二階に。私の部屋もある。

私は部屋から出ることをほとんどの場合許可されていないので、お屋敷のことはあまりよく知らないのだけれど。

でも連れていかれた三階の奥にある部屋はがらんとしていて、物の入っていない物置のように見えた。

「刻印……？」

何のことを言われているのかわからなくて、私はお父様の言葉を繰り返した。

お父様は私の声なんて聞こえていないように、何も言わずに私の腕を乱暴に摑むと、ベッドの上に置いてある縄を手にした。

口に布を噛まされて、服をはぎとられて、両手や両足を、縄で縛られる。

わけがわからなくて混乱して、抵抗しようとした私の頬を、お父様は叩いた。

初めての痛みに怖くて、ただ、怖くて。私は目を見開いて、涙をこぼした。

これは、夢。

ひどい、悪夢。

どうして、こんなことをするの。どうして。どうして。

ベッドに投げ捨てられる。俯《うつぶ》せに寝かされた私を、お父様の手が押さえつける。

背中に、焼鏝《やきごて》でも押し付けられたような焼け付くような熱さを感じた。

悲鳴のかわりにくぐもった声が、喉の奥から漏れる。

(怖い、痛い、痛い、いや、いやぁ……!)

どうして。なぜ、どうして。

私は——呪われているから? だから——。

「アミティ……!」

「……っ」

私の名前を呼ぶ力強い声がする。

目を見開いた私の前には、片目の死神が立っている。雄々しく神々しく、美しい方だ。

その方は私の手を引いて、恐ろしい部屋から、助け出してくださる。

「シュラウド様……っ」

怖かった。苦しくて、怖くて、けれど、ただ耐えるしかなくて。

いっそ壊れてしまえたら、どんなに楽だろうと思えた。

壊れてしまいたい。何も感じなくなればいい。痛みも、苦しみも、悲しみも全部。

私は——どうして、生きているのだろう。

「アミティ、もう大丈夫だ。俺が、いる。君のそばにいる。俺が君に愛を捧げる。だからもう……一人きりで苦しむ必要はない」

自信に満ち溢れた笑顔を浮かべて、シュラウド様は私を力強く抱きしめた。

夢の中でも助けにきてくれるというシュラウド様の言葉を、夢の中の私は思い出す。

私はシュラウド様の体に抱きついて、くすくす笑った。

本当に、来てくれた。

私は、あなたが――。

「……アミティ、アミティ……！」

私を呼ぶ声がする。

優しく揺り起こされて、私はゆっくりと目を開いた。

暗かった部屋には、明るい日差しが差し込んでいる。背中がとても柔らかくて、ふわふわしている。

いつもぎしぎしと軋んでいた体が、今日はまるで雲の上にいるみたいに、心地よい。

「シュラウド様……」

いつの間にか柔らかいベッドの上で寝ていた。暖炉のある部屋とは違う部屋だ。

私の顔を覗き込んでいる心配そうな瞳と目が合う。

柘榴石《ざくろいし》のような綺麗な赤い瞳に、長い前髪がかかっている。片目には眼帯が嵌《は》められていて、よく見ると眼帯から覗く皮膚は大きくひきつれている。

――とても、綺麗。

「大丈夫か、アミティ。うなされていた。それに、泣いていた。……あまりにも苦しそうだったから、起こしてしまった。本当は、寝かせておいてやりたかったのだが、すまない」

「……大丈夫です。おはようございます、シュラウド様」

しっとりと、髪が濡れている。

目尻からこぼれた涙が、髪に落ちたのだろう。

シュラウド様の無骨な手が、私の目尻を拭う。

私は思わずその手をとった。夢の中で私を助けてくれた手。私をあの恐ろしい部屋から、救い出してくださった、大きな手だ。

「怖い夢を見たのか、アミティ。……俺は君を救えなかったか」

「いいえ、そんなことはなくて……シュラウド様は、来てくださいました。約束通りに、私を、……恐ろしい場所から、助けてくださいました」

「そうか！　それはよかった！　流石《さすが》は俺だな、夢の中でも君を愛していただろう？」

「はい。シュラウド様は、私を抱きしめてくださって……」

「夢の中でか。俺が君を抱きしめたのか？　それはずるいな。とてもずるい。現実の俺にも君を抱きしめさせてくれ」

シュラウド様は私の体を、ぎゅっと抱きしめてくださる。

そのまま私の体を、逞しい体の上に乗せた。

シュラウド様の上に寝そべるような形になった私は、胸やお腹がピッタリとくっついていることに気づいて、少し慌てる。

重くは、ないのかしら。

私よりもシュラウド様はずっと大きいけれど、私は幼い子供じゃない。

全部の体重をシュラウド様に預けてしまっているのが、恥ずかしい。

恥ずかしい、なんて。

私が思っていいのかわからないけれど。でも、恥ずかしくて、それから——愛《いと》しい。

「夢の中の俺は、君を抱きしめただけか？　口づけはしなかっただろうか。もししていたとしたら嫉妬をしてしまいそうだな。いくら夢の中の俺とはいえ、君に無断で触れることは許せないのだが」

「……抱きしめてくださって、そうして、私に大丈夫だって、おっしゃってくださいました。そうしたら、シュラウド様に呼ばれて、私は目覚めたのです」

「そうか、危ないところだった。アミティ、君を起こしたのは賢明な判断だった。もう少しで、夢の中の俺が君に不埒《ふらち》なことをするところだった。それは駄目だ。君は俺のものだからな」

「夢の中のシュラウド様も、シュラウド様なのに？」

「もし君の夢の中の俺が現実の俺よりも男らしく、俺よりも背が高く俺よりも足が長かったら、アミティは夢の中の俺に夢中になってしまうかもしれないだろう」

「……ふふ」

私はシュラウド様の胸の上で、くすくす笑った。

笑うと、体が揺れる。

そのせいで胸の上から落ちそうになる私を、シュラウド様の腕が閉じ込めるようにして抱きしめた。

私のために、私を笑わせるために、子供みたいなことをおっしゃってくださる。

（あぁ、なんて……優しい方なのかしら……）

じんわりと、胸に喜びが満ちていく。

「シュラウド様……ずっと、怖くて。ずっと、誰にも、言えなくて。……いつも、夢に見るのです。

……お父様に、背中を」

「アミティ。言わなくてもいい。君は俺の腕の中にいる。ここには君を苦しめるものは、何もない」

「……私……シュラウド様に、伝えていなかったことが、あって」

「……辛いことは、話す必要はない」

「大丈夫です。思い出したんです。思い出した……いえ、違います。ずっと、覚えていて……でも、理解できなかったから」

私はシュラウド様に甘えるようにして、その胸に頬を押しつけた。

「背中に、刻印というものが、あったようなのです。……それを、お父様は……」

「刻印……刻印か。なるほど、そうか……よく伝えてくれた。もう思い出さなくていい。アミティ、教えてくれてありがとう。君は優しく清らかなだけではなく、勇気もあるのだな。……怖かっただろう」

何かに納得したように、シュラウド様は『刻印』という単語を繰り返した。

それから慰撫《いぶ》するように、私の背中を撫でる。

――怖かった。

私は怖かったのだ。

ずっと。怖くて、苦しくて――。

「……っ、はい……怖くて。私、ずっと、苦しくて……っ、一人は、寂しくて……」

寂しかった。一人は、寂しかった。

口にすると、止まらなかった。

ぼろぼろと涙が溢れて、私は子供みたいに嗚咽を漏らした。

シュラウド様はずっと私を抱きしめてくださっていた。

温かくて、力強くて、私は――もう大丈夫だと、思うことができた。

「アミティ……俺が君を守る。一人にはしない。ずっと一緒だ」

シュラウド様は私を抱きしめたまま体をぐるりと反転させた。

私の体の上にシュラウド様がいて、私に重みをかけないようにだろう、両手を私の顔の横に突いて体を少し浮かせてくれている。

両膝を突いてはいるけれど、僅かな圧迫感を感じた。

その重みさえ、今は愛しいような気がする。

シュラウド様は熱心に、私のこぼれた涙に唇をつけて、啜《すす》った。

まるで、大きな動物に顔をなめられているみたいで、くすぐったくて恥ずかしい。

「シュラウド様……だめ、です……」

「何がいけない？」

「私、恥ずかしくて……こんなこと、していただくのは初めて、で……」

「アミティ、初めてでよかった。もし他の男が君に同じように触れていたとしたら、その男を今すぐ締め上げて雑巾のように絞ってやるところだった」

「雑巾のように……？」

「あぁ。雑巾のように」

雑巾はよく絞っていたけれど――シュラウド様の大きな手で、雑巾を絞ることを想像した。

私は慌てて首を振った。私には他の男性なんていない。

「……私に触れたいと思う方なんて、いません。シュラウド様だけです」

「最高だな。俺は最高に運がいい。君の側に、君の魅力に気づくことのできる男がいなくてよかった」

嬉しそうに笑みを浮かべて、シュラウド様はもう一度私の頬に唇をつけた。

「泣き顔があまりにも愛らしくて、流れる涙さえ惜しかった。愛らしい俺の妖精。寂しくて辛かったな、よく耐えた」

「シュラウド様……」

「もう大丈夫だ。君の辛さは全て俺が肩代わりしよう。寂しい夜はもう来ない。何度でも悪夢の中の君を助けにいこう。だから寂しい時は寂しいと、悲しい時は悲しいと言って思い切り俺に甘えるといい」

「はい……ありがとう、ございます……なんだかシュラウド様と一緒にいると、もう大丈夫って、思えるのです」

私は小さな声で、そう言った。

それは、本当。

ひとしきり泣いたら、涙も止まったみたいだ。

ずっと感じていた罪悪感も苦しみも全部、遠いどこかに置いてきてしまったみたいに——心の中に大輪の花が咲いたみたいに、幸せが体に満ちている。

「そうか。それはいい！　それではもっと元気になるように、街に朝食を食べにいこう。君の服も買おう。これは自慢なのだが、ハイルロジア領の首都ヴィーゼルは王都と同じぐらい栄えている。アミティ、王都には行ったことがあるか？」

「ありません。私、家から出たのは、これが初めてで……」

「君の目にする初めての街が俺の領地の街とは……！　素晴らしいな」

「は、はい……」

「アミティ、早速行こう。……と、言いたいところだが」

シュラウド様は何かを考え直したように、一度言葉を区切ると、私をじっと見つめた。

「アミティ。出かける前に、口付けがしたいが、いいか？」

シュラウド様に尋ねられて、私は、昨日よりもずっと羞恥を感じていることに気づいた。

胸が、高鳴る。

顔が燃えるように熱くて、息が苦しいぐらいに。

「……っ、はい……」

「愛らしいな、俺の妖精は。口づけだけで、これほど恥じらってくれるとは。……だが、俺は遠慮はしないぞ。君は俺のものだからな。もし俺が恐ろしければすぐに言ってくれ。その時は、……場合によっては、譲歩する」

「え、ええ、あ、あの……っ、ふ、……ぁ、ん、……ん……」

唇が重なったと思ったら、角度を変えて幾度も口付けられる。

きつく閉じた唇の間をつつくように、ぬるりと舐《な》められる。

思わず開いた唇の狭間《はざま》から、シュラウド様の厚くて大きな舌が、私の口の中に入ってくる。

あまりのことに目を白黒させていると、そのまま舌は私の口の中を全て満たした。すぐにいっぱいになって、息苦しさを感じる。

私はシュラウド様の服をぎゅっと掴んだ。

これ、何……？

こんなのは、知らない。

知らないし、すごく恥ずかしくて、淫らで。どうにかなってしまいそう。

甘い水音が、耳に直接響いているみたいだ。

「……ん、んっ、……ぁ、ん……っ」

嫌悪感は何もないけれど、ただただ恥ずかしくて、体が甘く切ない。

荒波に呑まれているように苦しくて、でも、やめてほしくなくて。どうしたらいいのかわからなくて。

（これは、口付け……？　こんなに、激しいの……？）

頭の中が疑問と戸惑いでいっぱいで。でも、愛しくて、幸せで。

触れ合った粘膜から、体がとろりと蕩《と》けてしまいそうな気がした。

シュラウド様の長い黒髪が、顔に触れる。

目を閉じると、絡まる舌の感覚だけが全てになる。

体の奥が切なくさざめく。

好き。シュラウド様が好き。禁忌のように隠していた感情が、胸にあふれていっぱいになる。

「……っ、は、ぁ……ぁ……」

呼吸ができなくて、私はシュラウド様の服を引っ張る。

息が苦しい。

唇が離れると、舌先に繋《つな》がる銀糸を私は、ぼんやりと眺めていた。

はあはあと荒い息をつく私の目尻や唇や額に、シュラウド様は何度も唇を落とした。

「愛している。アミティ」

耳元で密やかに囁《ささや》かれると、体がびくりと震える。

離れてもなお、昨日飲んだ甘い珈琲の中に落ちてしまったように、体中が甘く切ない。

「俺の妖精は、本当に愛らしい。怖くはなかったか？」

私は首を振った。

怖くはない。けれど、体に力が入らなくて、私は顔を真っ赤《まか》に染めながら、浅い呼吸を繰り返した。

「それはよかった。アミティ、これは、恋人や夫婦の口づけだ。君から俺にしてくれてもいい。俺はいつでも大歓迎だ」

「……わ、私、初めて、で……何か粗相は、しませんでしたでしょうか……」

「そのように気遣う必要はない。君は俺を感じて、俺に溺れていればいい。……さぁ、行こうか、アミティ。朝食だ」

シュラウド様は私の上から退《ど》くと、私に手を伸ばした。

私は困り果ててその手を見つめる。

どうしよう。動けそうにない。どうしたら、いいのかしら。

「もしかして。腰が抜けて、動けないのか？」

「……は、はい」

私が頷くと、シュラウド様はそれはそれは嬉しそうに笑みを浮かべた。

「なんて可愛らしいんだろうな、君は。……もしかして男心を鷲摑《わしづか》みにする天賦の才能があるのではないか。そのような顔は俺以外に見せてはいけない。約束だ」

「……シュラウド様が、私を、こんなふうにしたので、……だから、その、シュラウド様にしか、見せません、から……」

「……なんだか、出かけるのが嫌になってしまったな。もう一度、したい。……したいが今は我慢しよう。聖獣が待っている」

「せいじゅう……？」

「あぁ。空飛ぶ獣だ」

私は聞きなれない言葉に、目をぱちくりさせた。

シュラウド様はベッドから降りて身支度を整えると靴を履いて、私を抱き上げた。

それから、私を抱き上げたまま悠々と部屋を出た。

◆聖獣オルテアと神獣コルトアトル

外は寒いからと、シュラウド様は私に大きな黒いマントをかけてくださった。

小砦から外に出ると、冷たい風が頬を撫でる。

昨日一人で歩いていた時は、足も手も感覚が薄れるぐらいに冷え切っていた気がするけれど。今はシュラウド様の腕の中にいるおかげか暖かく、風の冷たさがかえって心地よいぐらいに思える。

「アミティ、昨日俺が君をすぐに見つけることができたのは、後を追いかけて走ってきたから……というわけではない」

昨日、狼の群れから助けていただいた時、シュラウド様は空から降ってきたように見えた。

森の中なので馬を走らせるのも難しいだろうし、落ち着いて考えると確かにどうやって私を見つけてくださったのかしら。不思議。

「当然俺は走るのも狩りをする獅子《しし》のように速いわけだが……わかりにくいか。そうだな、昨日の狼たちにも負けないぐらいに足が速いわけだが」

「それは、すごいですね」

「すごいだろう。小さな少女は、兎角足の速い少年を好むものだ。そういう気持ちは魂に刻みつけられているのではないかなと思うのだが、どうだろう。アミティ、惚れ直したか？」

「はい……！　素敵だと思います」

私が小さな少女だった頃、足の速い少年というのはそばにはいなかったけれど。

よくはわからないけれど、シュラウド様は素敵だと思う。

「ふふ、そうだろうそうだろう」

シュラウド様はうんうん頷いた。

それから私を片手でかかえて膝の上に座らせると、ごそごそと首の辺りからチェーンのネックレスを取り出した。

先端は笛になっている。

その笛を咥《くわ》えて吹くと、か細い音がする。小さな音なのに、空気が震えるような不思議な音色だった。

ピューイピューイと響く音と共に、木々がざわざわとざわめき、風圧でざわめく木々と共に空から何かが飛来してくる。

それは大きな動物だった。毛皮がふさふさしていて白い。四つ足で、足の一本一本が私の体を半分にしたぐらいに大きい。

白い体にところどころ黒い縞《しま》模様があって、長い尻尾が二本。真っ黒い大きな瞳に、耳はつんと尖っている。

とても大きいけれど、可愛らしい顔立ちをしている獣だ。

ただ、四つ足の爪は人間の体なんてすぐに引き裂いてしまえるぐらいには鋭く尖っている。

空を飛ぶ獣をはじめて見た私は、驚きのあまり何も言うことができなかった。

「アミティ、聖獣ははじめて見たか？」

「せいじゅう……？」

「あぁ。これは聖獣と呼ばれる獣だ。名はオルテア。俺の友人だ。昨日はオルテアに乗り君を捜した。空からの捜索だからな、すぐに居場所が知れた。だから間に合ったというわけだ」

「シュラウド様の、お友達、ですか……？」

「あぁ。聖獣は我がハイルロジア領にある、聖峰キドゥーシュに住んでいる。山から降りることはまずなく、こちらから聖峰に足を踏み入れない限りはこちらに危害を加えることはない」

聖獣オルテアは、私たちを静かに見ている。

それは、有名な話なのだろうか。私の教わった授業では出てこなかった。オルステット家の中でも、噂にのぼったことはないような気がする。

「聖獣たちは聖峰の山頂に住む神獣コルトアトルを守っていると言われている」

「神獣コルトアトル……」

はじめて聞いた話だからよくわからないけれど、聖獣オルテアは私の知っているどの動物とも似ていない。

それに、空から舞い降りてきた。空を飛ぶことができる動物を、私は鳥以外知らない。

オルテアには翼はないのに、どうして飛ぶことができるのだろう。

「スレイ族が俺たちの領土を奪おうとするのは、聖峰キドゥーシュには自分たちの神が住んでいると思っているからというのも理由の一つだ。奴《やつ》らにとっては、自分たちの神がいる土地に住む我らこそが、簒奪《さんだつ》者だと言ってな」

「……私、王国のことを、詳しく知らなくて……歴史も、他国との関わりについても、あまり詳しくはありません。ごめんなさい」

「謝る必要はない。アミティ、世界は広い。俺が全て君に教えてやろう。それに愛する女性に色々なことを教え込むというのは、男の理想の一つでもある」

シュラウド様の言葉は、すぐに俯いてしまう私には空から差し込む一筋の光のようだ。

その明るい声を聞くだけで、私の世界は光で満たされる。

「はい……色々、教えてください。私、知らないことばかりで……できるだけ、あなたにご迷惑をおかけしたくない、お役に立ちたいのです」

「アミティ、君は俺の傍にいるだけで、十分俺の役に立っている。君は俺に、幸せと幸運を運んでくれるのだから」

シュラウド様はそう言いながら、私をオルテアの背に乗せてくださった。オルテアは私が背中に乗っても、おとなしくしていた。

背中には鎧《よろい》がついている。それは馬の鞍《くら》に似ている。オルテアは馬よりも大きいので、特別に作ったのだろう。

シュラウド様は私にかけていたマントを、私の首に巻いてくださる。

それから自分も、軽々とオルテアの背に乗った。私を横抱きにして、オルテアの轡《くつわ》から伸びている手綱を摑んだ。

「オルテア、街に行くぞ。久々だな、街まで飛ぶのは！」

シュラウド様が弾んだ声で言う。

オルテアは特に勢いをつけることもなく、ふわりと宙に浮き上がった。

とても静かで、体に衝撃もない。まるで滑るように木々の隙間を縫って浮き上がり、空を駆けて進んでいく。

眼下には深い森と、少し離れたところにハイルロジアのお屋敷——城砦がある。

森にはあちこちに小砦が点在していて、遠く幾重にも柵が張り巡らされている光景も見える。雪を被った切り立った山脈が連なり、森の向こうには大きな街がある。

「遠くに見える山が、聖峰キドゥーシュ。王国の人間ならば、まず足を踏み入れたりしない山だ。踏み入れた途端に、聖獣たちが一斉に襲いかかってきて、骨も残さずに食われてしまうからな」

「そうなのですね……」

神の住まう山とは、恐ろしい場所らしい。

神とは、シュラウド様のように私たちを守ってくださるわけではないのね。

「神獣コルトアトルは、世界の創造主とも、破壊神ともいわれている。その姿を見たものは誰一人としていない。この国の宗教画にはコルトアトルの想像図がよく描かれているな。美しい女だったり、筋骨隆々な男だったり、はたまた獅子のような姿だったり、様々だ」

オルテアの背に乗ってゆっくりと空を駆けながら、シュラウド様が教えてくださる。

風が髪や服を揺らしたけれど、それ以外は椅子の上に座っているぐらいに体に負荷はほとんどかからない。馬車の方がずっと、揺れるぐらいだ。

「皆、神獣を崇めているということですか……？」

「信仰心はある。信仰心なのか、それとも畏れなのかはわからないが。コルトアトルは守護神であり、破壊神でもある。王国を守ってくれるように、そして王国を滅ぼさないように、皆、祈っている」

「……シュラウド様は、どうして聖獣とご友人になられたのですか？」

「あぁ、それは俺が聖峰に登ったからだ」

「あ、危ない、って……っ、危険なことだと、先ほどおっしゃったのでは、ないですか……？」

何でもないことのようにシュラウド様が言うので、私は驚きに目を見開いた。

シュラウド様はさっき「誰も登らない場所、登ったら聖獣が襲いかかってきて骨も残らないぐらいに食べられてしまう」と言ったのに。

「俺は強いからな。大丈夫だ。いや……自分の領地に、不可侵な領域があるとは納得がいかないだろう？」

確かに聖峰はハイルロジア領にある。それにしても、あまりに危険なのではないだろうか。

こうして今、お元気にしていらっしゃるからよいけれど。

もしかして、お顔も——聖峰で、酷い怪我を負ったのかもしれない。

「俺の領地に住むのだから俺に挨拶をするべきだと、神獣コルトアトルに言いにいったんだが、結局会えなかった。途中、襲いかかってきた聖獣たちをよい度胸だと返り討ちにしていたら……そのうち、オルテアが現れた」

『……そいつは、馬鹿者だ』

低く唸るような声が聞こえた。

私はきょろきょろと周りを見渡す。

シュラウド様の声ではない。ここには私と、オルテアとシュラウド様しかいないのに——。

私でもシュラウド様でもなければ、まさか、オルテアが……？

『何が返り討ちだ。死にかけたくせに』

もう一度、声が響く。はっきりと。すぐ近くで。

——オルテアが、言葉を話している……！

「シュラウド様……オルテアが……い、いえ、オルテアさんが、言葉を……っ」

「そうか、聞こえるのか、アミティ！」

シュラウド様はそれはもう嬉しそうに笑顔を浮かべた。

オルテアさんは、獣のように見える。

けれど——。

『馬鹿者は、コルトアトル様に会わせろと神域に怒鳴り込んできた。聖獣たちと戦い半死半生になりながらな』

驚く私を気にした様子もなく、オルテアさんは続ける。

『我は呆れ果てて、だがその胆力に感服して、馬鹿者を背に乗せて人の里に返した。それ以来、我は馬鹿者の守護者として存在している』

「シュラウド様、大変なお怪我をなさったのですか……？」

オルテアさんの話を聞いて、私はシュラウド様を見つめる。

先ほどの口ぶりでは、何事もなく行って帰ってきたように聞こえたのだけれど、やはり大きなお怪我をなさったのね。

危険なことは、できればしないでほしい。

「怪我などしていないぞ。いや、したか。俺は生きているのだから、大した問題ではない。アミティ、心配か？」

「心配です……」

「ありがとう、アミティ。今後は極力無謀なことはしないように気をつける。約束だ。君に心配をかけるのはいけないいな」

私はシュラウド様の服を、きゅっと握った。

約束という言葉が嬉しい。

「そう可愛らしい仕草をされると、まずいな……」

「シュラウド様？」

「いや。……オルテアの話だったな。あれは何年前だったか。五年ほど前か？　オルテアとはそれ以来の腐れ縁だ」

「シュラウド様は今もとてもお若いのに、もっとお若い頃、聖峰に……？」

「あぁ。そもそもスレイ族がハイルロジアの領土を侵そうとするのは、神獣などがいるからだ。お前がどうにかしろと言いたくもなるだろう。人間たちが争うのを知って、高みの見物とはな」

『人間どもが土地を巡り争うことは、我らには関係ない。コルトアトル様の御心《みこころ》は、我らにもわからん。その姿を見ることさえできん。我らはただ聖地を守りし存在。それ以上でも以下でもない』

「そうなのですね……」

神獣と呼ばれる存在が、国にとってどのようなものなのか私にはよくわからない。

けれどオルテアさんの言葉の意味は理解できるような気がした。

コルトアトル様を人々は神だと思い込んでいるけれど――直接その姿を見た人はいないのだから。コルトアトル様が人々にとってどんな存在なのかなんて、誰にもわからないのかもしれない。

「ところで、アミティ。オルテアはなんと言っているんだ？」

「シュラウド様には、オルテアさんの声が聞こえないのですか？」

「あぁ。わからないな。何か言いたげに俺を見ていることはあるが、声が聞こえたことはない。まぁ、知能は高いのだろうとは、なんとなく思っていたのだが。ただの猫ではないのだろうなと」

『猫だと。馬鹿者め。娘、その男に伝えろ。猫ではない。誇り高き獅子であるとな』

オルテアさんが吠《ほ》えるように言った。

怒っているみたいだけれど、シュラウド様のことは多分、好きなのだと思う。

そうじゃなければ、背中に乗せたりはしてくれないのだろうから。

「シュラウド様、猫ではなくて、獅子だそうです」

「そうか、そうか。獅子か。顔立ちは猫のように愛らしいのだがな。毛並みもいい。どういうわけかオルテアは俺の傍を離れないのだ」

『馬鹿者を放っておくと、また聖峰に登ると言い出しかねないのでな』

オルテアさんは呆れたように言った。

シュラウド様はやはり聞こえていないのだろう。オルテアさんの言葉については何も言わずに続ける。

「オルテアは他の人間が現れると姿を消す。だから笛の合図で姿を現すようにと伝えてある。俺が空を飛びたい時、呼び出せないと不自由だろう」

「……オルテアさんは、普段どこにいるのですか」

『馬鹿者の笛の音が聞こえる場所で寝ている。我は聖なる獣。その辺りの人間に撫でられるのは辛抱ならんが、食い殺してはならんと馬鹿者が言うのでな』

「撫でてはいけないのですね……気をつけます」

『娘。……お前は、よい。そんな気がする』

「あ……ありがとうございます……！」

オルテアさんはふわふわだから、触りたくなってしまう気持ちもわかる。

ふわふわの動物というものを私は触ったことがない。

一人きりで裏庭で座っていたりすると、小鳥や野良猫が寄ってくることはあったけれど。動物は不浄のものと言われているから、公爵家の庭に入り込んでいることに気づかれたら、酷い目に遭ってしまう。だから触ったりしたことはなかった。私が動物たちを招いていると思われれば、余計に、酷いことが起きてしまうだろうから。

でも、オルテアさんは撫でていいのね。

ふわふわした毛並みに手を伸ばして、そっと撫でる。私が今まで触ったどの生地よりも、ふわふわしている。

「……オルテア。アミティは俺のものだ。口説くな」

『口説いてなどおらん。馬鹿者め』

シュラウド様にはオルテアさんの声が聞こえないのに、まるで会話をしているみたいなのがおかしくて。私はシュラウド様の腕の中でくすくす笑った。

ごく自然に笑うことができているのがすごく不思議で、胸の奥がほんのりと温かい。

シュラウド様は私を力強く抱き寄せて言った。

「アミティ、街だ。ヴィーゼル。ハイルロジアの屋敷……城と呼んだ方がいいかな。城から、一番近い街だ。ハイルロジア領の中では一番大きい」

「わぁ……！」

空から見る街は、とても大きい。

ぐるりと周囲を高い壁が囲っていて、白い建物が並んでいる。公爵家の屋敷もハイルロジアのお城もみんな大きいけれど、街はもっと大きい。

オルテアさんは街の中心に降り立った。

道ゆく人たちは、私たちの姿を見ると嬉しそうに近づいてくる。

「ハイルロジア様！」

「今日は街に来られたのですか！」

「そちらの綺麗な方はどなたです？」

人々が口々にシュラウド様に話しかける。

たくさんの人に囲まれて圧倒されるばかりの私を抱き上げたまま、シュラウド様はオルテアさんの背中から軽々と降りた。

「この女性は、俺のアウルムフェアリー。幸運を呼ぶ愛しい妖精だ。今日はお忍びでデートに来たのだから、あまり騒ぎ立てるな」

シュラウド様に言われて、人々は「聖獣様に乗りご登場されて、何がお忍びですか」「しかし、美しい……本当に妖精を攫《さら》ってきたようですね」と、声を立てて笑っている。

いつの間にか、オルテアさんは姿を消していた。

シュラウド様はいきいきとした様子で、「まずは着る物と履き物を買おう。一番上等なドレスにしようか。それから朝食を食べて、栗のタルトを百個ばかり買って帰ろう！」と言った。

シュラウド様の言葉を聞いて、「栗のタルトを百個！」「ジャニスさんが食べるなら二百個の方がいいのでは？」と、街の人々から明るい笑い声があがった。

◆新しいドレスと幸運の妖精

春になり白銀に覆われていた大地が雪解けを迎えるように、アミティの閉ざされていた心も、少しは柔らかく解けたのだろうか。

肌に触れられ慣れていない者特有の、拒絶にも似た緊張が体に走るのは変わらない。

だが、俺の腕の中でほんの少しだけ表情を和らげているアミティはとても愛らしかった。

ぶかぶかのローブに小さな体を包んでいるアミティは、その白い肌や髪や月明かりのような金色の瞳も相俟って、まるで妖精そのものだ。

その愛らしい妖精を、俺が強引に攫ってきたようにも思える。

実際に街の者たちなどは「ハイルロジア様が幸運の妖精を攫ってきた！」「どこの姫を強奪してきたのですか？」などと言って囃《はや》し立てた。

アミティが萎縮してしまうかと一瞬思ったが、萎縮よりも驚きの方が勝ったのだろう。

人々の様子に戸惑うように視線を彷徨わせて、困り果てたように俺を見上げるさまがとても――愛らしい。

「アミティ、まずは服だな。それに靴がないだろう。靴がないことを言い訳に、俺は君を抱き上げることができているわけだが……このまま歩いていると、花嫁を盗んできたと道ゆく領民たち皆に言われてしまうからな」

「は、はい……あの、シュラウド様……」

「なんだ？　なんでも言ってくれ。君の声は愛らしい。いつまででも聞いていたいと思うぐらいに」

小さな声で話しかけてくれるアミティに、俺は笑顔を浮かべる。

笑顔を浮かべることができているといいのだが、生憎俺の顔はあまり見られたものではない。

なんせ顔の片側は眼球も瞼《まぶた》もなく、虚になっているために眼帯をしているし、眼帯で隠しきれないぐらいの広範囲に皮膚が焼けている。

髪が無事だったのだけは幸いだ。ある程度は前髪で隠すことができる。

傷を恥じるようなことはないが、初対面の者たちは俺の顔を見ると大抵怯えるか、哀れむような表情を向けて視線を逸らす。

貴族令嬢などは悲鳴をあげるか、作り笑いを浮かべるかどちらかだ。

アミティには——そういったことは一切ない。

俺を恐れないアミティが欲しいと思った。

怯えながら、震えながら、それでも俺を怖くない、美しいと言ってくれたアミティに、心が震えた。

全身を炎に焼かれたような激しい苦しさが——まさしく、恋としか言えない何かが、頭の先から足先までを撃ち抜いた。

それでも、そのような感情は俺には相応しくないと、隠すべきだと思った。

俺の思慕などより、アミティの心の傷を癒やすことや、オルステット公爵家について調べる方が先だと。

だが、アミティがいなくなり、失うのかと、二度とその声を聞くことができないのかと思うと。いい年をして何をためらっていたのかと自分に憤りを覚え、開き直ることにした。

俺はアミティが好きだ。

はじめて恋を知った、思春期の少年になったような気分だった。

そしてアミティが一人きりで抱えていたものを知った今は、どうしようもなく愛しい。自分を律していないと際限なく触れてしまいたくなるほどに。

「……シュラウド様は、街の方々にとても好かれているのですね」

洋品店までの道を歩く俺の腕の中で、アミティが言った。

「そうかな。そう見えるか？　そうだとしたら光栄なことだ」

「は、はい……あの、みなさん、とても楽しそうに、シュラウド様に話しかけるので、そう思って……」

「俺はよく街をうろついているからな。最初の頃こそ皆怯えていたものだ。だが、慣れたのだろうな」

「そうなのですね……慣れ、ですか」

「あぁ。何事もな、大抵のことは慣れるものだ。月日がおおよそのことは解決してくれる。だから、アミティ。君も俺に慣れる。いつか、そのうち」

「は、はい……私、……もう、あなたが……」

「俺が？」

「そ、その、……シュラウド様に、感謝しています」

アミティは小さくそう言うと、俯いた。

「それは好きと同義か？」

「はい……好き、です。……シュラウド様が、好き」

自分の感情を確認するように、訥々《とつとつ》とアミティは言って、嬉しそうに微笑む。

「俺も君を愛している。嬉しい、アミティ。はじめて言葉にしてくれたな」

恋や愛になど興味がないと思っていた。

だが、感情を向けてもらえるのは、好きという言葉を伝えてもらえるのは、これほどに幸福なことなのか。人を深く愛するのに時間は関係ないのだろう。俺はすでに彼女の言葉やしぐさに溺れきっている。

胸の奥に何かとろりとしたあたたかい蜜のようなものが溢れる。これは、愛だろうか。それとも欲望なのだろうか。

「あ、あの、ご迷惑では、ないですか……？」

「迷惑なものか。君さえよければ、毎日、俺に好きだと言ってくれ」

「は、はい……頑張ります、私……」

恥ずかしそうにはにかむアミティを見て、俺は目を細める。あまりにも、清らかだ。残酷な目にあってきてもなお、澱《よど》みひとつない清廉な水のように。

――アミティの境遇は、幼い頃の俺に少し似ている。

周りは敵だらけで、鬱屈した気持ちを抱えて生きていた頃の俺に。

俺はどうしようもない苦しさをかつて憎悪へと昇華させたが、アミティはそうではない。

誰にも迷惑をかけないように、呼吸さえひそやかに繰り返しているような切ないぐらいの健気さに、あぁ――この少女は、壊れなかったのかと思った。

薄氷の上を歩くように、尖ったナイフの上を肌を薄く切り裂きながらも真っ直ぐに進むように、アミティの心は危うい状態にありながらも、粉々に砕けたりはしなかった。

俺にはそれが、とても尊いものに思えた。

誰もアミティを欲さないというのなら、俺が貰う。

これは、僥倖《ぎょうこう》だ。

俺はアミティを手に入れた。巡り合うことができたのは、幸運に違いない。やはり、日頃の行いがいいからなのだろう。

死神の俺になど貰われて喜ぶ女などはいないだろうと思っていた。それに自分の子などいらないとも思っていた。

適当に養子を貰うなどすればいいかと考えていたのだが、今は、違う。

「アミティにドレスと靴と、装飾品を見繕ってくれ。俺はドレスには詳しくないのでな。アミティに似合うものを。そうだな、その中でも一番高級なものがいい」

「は……！　ハイルロジア様……！　了解いたしました！」

大通りにある金持ちが通う洋品店に入ると、店主が恐縮しながら俺の対応をした。それから、店の奥から出てきた少々派手な女性たちが、数人がかりで俺を取り囲んだ。

「ハイルロジア様！　なんてこと……！　女性をこのような姿で連れて歩くなんて！」

「これだから、軍人は駄目なのよ」

「あらまぁ、裸足《はだし》ではないですか！　女性の扱いを知らない男はこれだから！」

「なんてきめ細やかな白い肌！　それに美しい白い髪に、金の瞳……幸運の妖精だわ……！」

などと口々に言いながら、毛足の長いふかふかした敷物を敷いて、その上にアミティを降ろすようにと俺に指示をした。

瞬《また》く間《た》に椅子が準備されて、店の扉が閉められてカーテンがかけられる。

俺と店主は別室に行くようにと、追い払われた。

店主は申し訳なさそうにしながら、俺に甘い珈琲を出した。

しばらく暖炉の炎が燃える音を聞きながら、ソファの上で足を組んで目を閉じる。

（あの、背中の傷は……）

昨日見たものを思い出す。

幼い頃にオルステット公爵が剝がしたという、アミティの刻印。

——あれは、もしや。

だが、何故刻印を剝がす必要がある。

俺の予想が確かならば、あれはこの国にとってはとても大切なものだ。

そしてそんな刻印を宿した者を娘に持ったとしたら、オルステット公爵家の地位は盤石なものになっただろう。

ある意味では、国王にも勝るぐらいの権力を手に入れることも可能なはずだ。

(何故剝がす必要があった。実の娘にあのような傷を作り、その後も捨て置くとは。それほど色の違いが気に食わなかったのか)

人は、形の違う他者を区別するものだ。

色だったり言語だったり、造形の違いだったり。傷の有無も貧富の差も、着るものでも、地位でも。

顔に傷のある俺はいつでも好奇の目に晒されてきた。区別というものは、結局、差別になる。

恐れる視線も、憐憫《れんびん》も、好奇心も。――どの視線にも、慣れたものだが。

オルステット公爵は色の違うアミティを差別して、同じ色をしたシェイリスを愛したということなのだろうか。

オルステット公爵家の二人の娘については、名前ぐらいしか知らなかった。俺も社交界とは縁遠い人間だからだ。

「……フレデリクに、詳しく尋ねる必要があるな」

社交の場は避けて通っていたが。そうもいかない。

ラッセル王家が国を興した建国の祭りが、近々ある。

フレデリク――国王陛下から、たまには城に顔を出せという手紙を貰っていたことを思い出した。

そんなことを考えていると、隣室から俺を呼ぶ声がする。

呼ばれて向かうと、そこには――雪の妖精が佇《たたず》んでいた。

「アミティ！　なんと美しいんだ！」

俺は感嘆の声をあげる。

元々美しい少女だとは思っていたが、着飾って髪を整えてもらうだけで、アミティはその輝きを増していた。

正直、俺が今まで見たどの女性よりも美しかった。

あまりにも美しくて、美しい以外の言葉が出てこない。

艶めく空色のドレスの上に、花を模した白いレースがあしらわれている。

華奢な肩には白い毛皮のショールがかけられていて、長い白い髪は整えられて結われ、輝く金の小鳥を模した髪飾りが飾られている。

雪の結晶をそのまま美しい少女にしたような姿だった。

「本当に、……幸運の妖精が舞い降りたようだ」

アミティがはにかむので、俺はその体を両手で抱き上げた。

抱き上げたら――ドレスや髪が乱れると言って、店の女性たちにそれはそれは怒られた。

◆恋と、栗のタルト

サクサクとしたタルト生地の中には栗のペースト、その上にはごろごろに砕いた栗の甘煮とバタークリーム。

口の中に広がるまったりとした優しい甘みに、私は口を押さえて、正面に座ってにこにこしながら私を見つめているシュラウド様に視線を向けた。

「美味しい……美味しいです、シュラウド様、美味しい……」

「そうか、よかったな。そんなに旨いか?」

「は、はい、美味しい……甘い、です。甘くて、美味しい。栗、はじめて食べました。ケーキも、はじめて食べました。美味しいです……」

「好きなだけ食べるといい。ジャニスなどは平気で二十は食うぞ。土産に、百個頼んであるから、アミティもジャニスに負けず、たくさん食べるんだぞ」

小さな子供に諭《さと》すような口調でシュラウド様がおっしゃるので、私はくすくす笑った。

私、笑うことができている。

シュラウド様が――好き。

そう思うだけで、胸の中にあった息が詰まるような閉塞感も苦しさも、全部あたたかい何かに変わっていくみたいに思えた。

「栗だけでなく、胡桃《くるみ》のケーキも人気がある。春先に出回るイチゴのタルトや、他にも季節ごとに商品が変わる。チーズや、レモンクリーム、ブルーベリーのタルトなども旨い。楽しみだな、アミティ。これから同じ季節を共に過ごすたび、君との思い出が増える」

「はい……シュラウド様が美味しいとおっしゃっているものや、楽しいと、感じること……私、知りたいです。たくさん、一緒に」

シュラウド様は早々にご自分の分の栗のタルトを食べ終えて、珈琲を口にしている。

珈琲にはふわふわしたクリームが載っている。

私も一口、珈琲を飲む。

すごく甘そうに見えたけれど、栗のタルトにあわせてくれているのか、すっきりとした味わいだった。

まったりとしていて甘かった口の中がさっぱりする。少し苦くて、でも、クリームのおかげで優しい甘味もあって、美味しい。

「俺の妖精は、愛らしいことを言ってくれるのだな。アミティ、口にクリームがついている」

シュラウド様はテーブルの上に身を乗り出すと、私に手を伸ばして指先で唇を拭ってくださった。

そのまま、ぺろりと指先を舐める。

なんだか恥ずかしくて、私は顔が熱くなるのを感じた。

胸が高鳴って息が苦しいのに、嫌なことは何もなくて。

「甘いな、アミティ」

「は、はい……」

私は落ち着かない気持ちで、栗のタルトを食べた。

お店の店員の女性たちが「ハイルロジア様がでれでれしているわよ」「貴重なお姿だけれど、人前であんなことをするのはどうなのかしら」「あら、強引な男というのは悪くないわよ」などと、小さな声で噂している。

栗のタルトを食べ終わる頃には、お土産用の栗のタルトが百個、包み終わっていた。

店長さんと思《おぼ》しき男性が「今日はこれで店じまいですよ、ハイルロジア様。次からはもっと早めに注文してくれると助かります」と、苦笑まじりに言っていた。

シュラウド様は私とお土産の栗のタルトを抱えてオルテアさんの背中に乗って、ハイルロジアのお城へと戻った。

『甘い香りがするな』

空を飛びながら、オルテアさんが言う。

「オルテアさんは、栗のタルトを食べるのですか？」

「さぁ。よく知らんな。オルテアたち聖獣は、人を食うのではないか？」

シュラウド様の言葉に、オルテアさんは不機嫌そうに喉を鳴らした。

『無礼な小僧め。人など食わん』

「食べないそうです……」

「オルテアが食事をしているところなど見たことがないな」

「オルテアさんは何が好きなのですか……？」

『娘。アミティと言ったか。その甘いものを、食わせろ』

「オルテアさんも、栗のタルトが食べたいみたいです……」

オルテアさんの要求をシュラウド様に伝えると、シュラウド様は肩を竦めた。

「そうか。なんだ、食いたかったのなら早く言えばいいものを」

『その馬鹿者には我の声は聞こえない。お前には、聞こえる。……アミティ。お前からは何か特別なものを感じる』

「私が、特別、ですか……？」

特別――とは。

どういうことかしら。どうして私にはオルテアさんの声が聞こえて、シュラウド様には聞こえないのだろう。

「オルテア。口説くな。アミティは俺のものだ」

シュラウド様が何故か少し不機嫌になっている。

『口説いてなどおらん、馬鹿者め』

オルテアさんはそう言って黙り込んでしまった。

シュラウド様は私を強く抱きしめながら「オルテアは見た目は猫のようで可愛いかもしれないが、駄目だぞ、アミティ。君は俺のものだからな」と、拗《す》ねたように言った。

私はシュラウド様の体に自分の体をぴったりくっつけて、頷いた。

「私は、シュラウド様のものです。私、で、よければ……ずっと、お傍においてください」

途切れ途切れの声で、それでもきちんと伝えることができた。

私は、シュラウド様の傍にいたい。

「もちろんだ。俺は君を離さない。君が嫌だと言ってもな」

「嫌だなんて言いません。私、シュラウド様のことが好きです。好き。……伝えられるのが、嬉しい。好きです、シュラウド様」

好きと伝えるのは恥ずかしいけれど、口にする度に心に大輪の花が咲いたように、体にあたたかいものが溢れて満たされる。

「……アミティ、あまり煽《あお》らないでくれ」

「あ、あの、駄目でしたか……？」

「もちろん、嬉しいよ。駄目なわけがない。だが、オルテアの上で君に必要以上に触れるわけにはいかないしな。ハイルロジアの城に戻ったらすぐに挙式の準備をしよう。花嫁衣装を着た君も、とても美しいのだろうな。着飾った君を見られることが楽しみだ」

「は、はい……ありがとうございます。……シュラウド様も、素敵です。今も、素敵、です」

「嬉しいことを言ってくれるな。俺のような男を素敵だとは」

「本当に、そう、思っていて……」

「顔の半分が崩れているが」

「傷のあるお顔も素敵です……！　逞しくて、精悍で、眩しくて……輝いて、見えます」

本当に、そう思う。

顔の傷はむしろ、シュラウド様の精悍さを際立たせているような気さえする。

「そうか。それでは俺の二つ名も死神などではなく、そうだな……太陽、などにしてもらえばいいかな」

「太陽の、……騎士、でしょうか……？　シュラウド様の黒い髪や、赤い瞳は、夜明けの空のようです。暁の騎士……私の、光です」

私はシュラウド様を、明星のようだと思った。

暁の騎士様。とても似合う。

「……なんだか、照れてしまうな。だが、ありがとう。俺は君の光であり続けたい。この先ずっと何があっても、君の世界を曇らせるようなことはしない」

「はい……！」

私は嬉しくなって、シュラウド様の胸に頬を押し付けた。

どくどくと響く心臓の音に安心して、目を伏せる。

たくさん迷惑をかけてしまったけれど、森の中で助けていただいて、よかった。

私の暁の騎士様。私の、大切な人。

もう、消え去りたいなんて思わない。

——シュラウド様と一緒にいたい。ずっと、一緒に。

ハイルロジアのお城に戻ると、ジャニスさんや、侍女の方々が迎え入れてくれた。

ジャニスさんは私を抱きしめて声をあげて泣いた後、お土産の栗のタルトに目を輝かせていた。

侍女の方々がこぞって「ジャニス先輩は栗のタルトを二十個食べるのですよ」「本当に」「本当です、

アミティ様」と、それはもう口々に教えてくれた。

ジャニスさんは「十個が限界です」と言っていたけれど、「アミティ様のために本気を出しますね」と言って、お茶の時間に本当に二十個食べてしまった。

私はその姿を見せていただきながら、感嘆のため息をついた。

美味しそうにケーキを食べる姿というのは、見ていて幸せな気持ちになるのね。

シュラウド様が私を見ながらにこにこしていた気持ちが、理解できた気がした。

あっという間の一日だった。逃げた私を責めるような人は誰もいない。

皆私を優しく受けいれてくれる。ハイルロジアはあたたかい。

シュラウド様とは出会ったばかりなのに、私はきっともうシュラウド様と出会う前の私には戻れない。

それはとても、嬉しいことのように思った。

私は今日から、シュラウド様の傍で生きていく。もう、逃げたりしない。

◆婚礼の儀式と初夜

ハイルロジアのお城の一角にある教会の、聖堂の奥には翼のある女性の絵が描かれている。

両手を広げた女性は、片手に天秤《てんびん》を、片手に剣を持っている。この姿もまた、神獣コルトアトル様の姿なのだという。

コルトアトル様を描くことや彫刻を造ることは自由であり、その姿形を想像することも自由。

この国には様々な姿のコルトアトル様がいらっしゃる。

神獣コルトアトル様の横には、白い髪と白い服を着た少女の姿が描かれている。その少女がシュラウド様がおっしゃっていた、幸運の妖精であるアウルムフェアリー。

アウルムフェアリーが幸運を呼ぶと言われているのは、聖地への導き手という言い伝えがあるからだと、シュラウド様は教えてくださった。

それはただの言い伝えなので、おとぎ話のようなものらしいのだけれど。

聖峰から程近い場所にあるハイルロジアの街の人々は、神獣コルトアトル様への信仰心が厚い。そのため、その言い伝えも生まれたのだろう。アウルムフェアリーを手に入れたものは聖地へ登ることができる。

それは神獣コルトアトル様に会えるということ。

——俺のように文句を言いにいくわけではなく、皆、信仰しているからこそ、神獣コルトアトルに会えることを至上の喜びだと思っているわけだ。

シュラウド様は苦笑まじりにそう言っていた。

私は立派な聖堂の祭壇の前に立って、そんなことを思い出していた。

「シュラウド・ハイルロジアは、病めるときも健やかなるときも、アミティ・オルステットを愛し、共に手を取り合って歩んでいくことを誓いますか？」

「誓います」

私の隣で婚礼の煌びやかな衣装に身を包んだシュラウド様が司祭様に問われて、厳かに言った。

黒衣に赤いマントを羽織って、金の飾りを身につけたシュラウド様は、輝くほどに素敵。

立派な体軀と堂々とした振る舞いで、元々大きいのにもっと大きく見える。

「アミティ・オルステットは、シュラウド・ハイルロジアの妻になり、生涯愛し続けることを誓いますか？」

「はい……」

緊張から、声が小さくなってしまう。

この日のために準備していただいたドレスはとても豪華なもので、光沢のある白い生地がたっぷりと使われている。

スカートの裾を持ってもらわないと転んでしまいそうなほどだ。

腕や首や肩はレースでできた透け感のある生地で、背中から蝶《ちょう》の羽のように、レースがふわりと床に伸びている。

頭には金飾りにシュラウド様の瞳の色の、ガーネットがあしらわれている。

やっぱりまだ、慣れない。

綺麗な格好をすると気後れしてしまうし、どうしても緊張してしまう。

それでもシュラウド様と、この日を迎えられたことが嬉しい。

「アミティ、愛している。俺は君を守ると誓う。ハイルロジアの名にかけて」

私の左手の薬指に、シュラウド様の名前が彫られた金の指輪が嵌められる。

私の名前が彫られた指輪を、私は慎重にシュラウド様の左手の薬指に嵌めた。

そっと手が引かれて、手の甲へと口付けられる。

参列の方々から拍手があがる。

アルフレードさんや、側近の方々。ジャニスさんや、侍女の方々。

シュラウド様には家族が誰もいらっしゃらなくて、私にも――家族はいるけれどいないようなものだから。誰を呼びたいと問われたから、いつも優しくしてくださるジャニスさんや、侍女の方々をお願いした。

シュラウド様はそれだけでは寂しいなと、アルフレードさんや側近の方々を呼んでくださった。

ずっと一人きりだった私にとっては、勿体ないぐらいに立派なお祝いだ。

唇が手の甲に触れると、自然と涙がはらりとこぼれた。

私はこれで――シュラウド様と、家族になる。

シュラウド様は何度も愛を言葉で伝えてくださったし、疑うことなんて少しもない。でも、こうして儀式を行うと、本当に特別な関係になれた気がして、嬉しい。

シュラウド様は私を軽々と抱き上げた。

「アミティはすでに俺のものだが、これで正式に俺のものになった。今日からオルステットの名を捨て、アミティ・ハイルロジアとなる。皆、俺の大切な妻だ。丁重に扱うようにな」

シュラウド様がどこか得意げに、いつもの調子でおっしゃったので、みんな緊張が解けたようにして、笑い声が広がる。

拍手と歓声と笑顔に見送られながら、私はシュラウド様に抱き上げられて、お城の最上階にある寝室へと向かった。


ハイルロジアのお城は三階建てで、最上階にある主寝室はこの日のために飾り付けられていた。

天蓋のある大きなベッドには、白い花が散らされていて、花瓶にも色とりどりの花が生けられている。

テーブルにはお酒とお祝いのお菓子が用意してあって、お酒のほかにも水差しや、紅茶や、果実水の瓶など、いろいろな飲み物が準備されている。

燭台《しょくだい》には蜜蠟《みつろう》の蠟燭《ろうそく》が灯っていて、夕暮れの部屋を優しく照らしていた。

香炉からは甘い香りが漂っている。私がハイルロジアのお城から逃げて――シュラウド様に救われて連れて帰っていただいた日から、シュラウド様とはこの部屋で夜を幾度も共にした。

同衾《どうきん》をしても、シュラウド様は私の手を握ってくださったり抱きしめてくださったり、時々口づけをするだけで、それ以上のことはしようとはしなかった。

――でも、今日は。夫婦になることができる。

それはすごく嬉しい。私はシュラウド様のものだけれど、心も体も全てシュラウド様のものにしていただきたい。

私の全てを、シュラウド様に差し上げたい。

「アミティ。君はいつも美しいが、今日も美しい。純白のドレスに身を包んだ幸運の妖精をこの手に抱けるとは。俺は幸せ者だ」

シュラウド様は私をベッドに降ろすと、マントを外して床に雑に放り投げて、私の隣に座った。

手をとって指先に口付けられると、くすぐったさを感じる。

「シュラウド様……好きです。あなたが、好き。……私、幸せです」

「俺も君を愛している。口付けてもいいか、俺の妖精」

「は、はい……」

低い声で囁くように問われて、私は頷いた。

唇が重なる。何度か離れては重なる唇が、深く合わさる。唇を割って中に入ってきた舌が、私の舌を絡めとった。

触れ合う粘膜が、そこから体が蕩けていくみたいで、頭の奥がじんと痺れて私は小さく震えた。

シュラウド様に抱き寄せられて、髪やドレスが乱れる。

「ん……」

はしたない音が、静かな部屋にやけにうるさく響く。

深い口付けは初めてではないけれど、呼吸をどうすればいいのか、まだ慣れない。

それでも幸せでもっとしていただきたくて、けれどやっぱり恥ずかしくて。

口付けられると、すぐに何も考えられなくなってしまう。

「アミティ、今から君を抱く。だがもし怖かったり嫌だったりしたら、すぐに言ってくれ。傷つけたくはない」

「大丈夫です。私、シュラウド様のこと、怖くないです。嫌なことも、何もありません」

「健気な言葉はもちろん嬉しい。でも……本当に無理はしないでほしい。心の準備もあるだろうしな」

「準備なら、いつでも、できています。……シュラウド様、私……あなたのものに、なりたい」

私はシュラウド様に手を伸ばした。

ドレスが汚れてしまうとか、整えてもらった髪型が崩れてしまうとか。

そんなことは、今は気にしなくていいように思えた。

甘えるように手を伸ばすと、すぐに抱きしめ返してくださる。

太い腕が硬い体が、私の体に触れる。

シュラウド様はしばらく私を抱きしめていたけれど、そっと体を離して、上着とシャツを脱いで床に投げ捨てた。

シュラウド様の鍛え抜かれた体には、傷跡が多く残っている。

そしてその背中には、背中一面に広がるほど大きく——翼のある蛇の紋様が描かれていた。

黒々としていてどこか禍々《まがまが》しさを感じる紋様だ。鎌首を擡《もた》げた太い体に鱗《うろこ》の模様が一枚一枚わかるほどの精巧さで描かれている。大きく開かれた翼は禍々しい蛇に神聖さを与えているようだった。

――私は、白蛇と呼ばれていた。不吉な白蛇。この国では蛇は不吉なものだ。

そしてシュラウド様の背中にも――蛇の紋様がある。その紋様を、私は知っている。

シュラウド様はご自分の体を確認するように、見下ろした。

それから逞しい胸に手を当てる。

「恐ろしいか、アミティ。……君は自分の傷を恥じていたが、俺もこのように、な。背中に紋様がある。――君はこれが何かを知っているか？」

ベッドに横たわっていた私は体を起こして、私の前に膝をついて座っているシュラウド様の手を握りしめる。

私は――シュラウド様の明るさに、言葉に仕草に優しさに、私に与えてくださる全てに救われた。

だから何を聞いても、何を知っても、驚いたりしない。

「恐ろしくなんて、ありません。……それは……スレイ族が、崇める神の……」

「あぁ。蛇の紋様だ。君が白蛇といわれて嘲られていた原因の一つ。スレイ族にとって神獣コルトアトルは、このような形をしている。……体の古傷も背中の紋様も、俺が十五の時に刻まれた」

「……シュラウド様、辛いことなら今はまだ、話さなくても大丈夫です。私……私が、あなたの癒しになるのなら、今は……」

「いいのか、アミティ。……君をこの手に抱く前に、見せなければと思っていた。俺を嫌悪してくれても構わない。恥じているわけではないが、君の目には醜悪な体だと映るのではないか」

私はシュラウド様の手から自分の手を離して、その首に腕を回して抱きついた。

ぎゅっと力を入れて抱きつくと、その体はあたたかい。

傷を受ける痛みも、苦しさも、私には馴染み深い感情だから。私とシュラウド様は同じではないとは思うけれど。

少しでも。私があなたを大切だと思っていること――伝わってほしい。

「シュラウド様の逞しい体も、精悍な顔立ちも、艶やかな黒髪も赤い瞳も、深く響くような声も、全て素敵です。けれど、たとえシュラウド様がどんな姿だったとしても、私はあなたに、恋をしました」

「……初夜に、君に口説かれることになるとはな。ありがとう、アミティ。今の君なら、全ての男を虜《とりこ》にすることができるだろう」

私の言葉は拙くて、飾ることさえできない。けれど気持ちを伝えたくて一生懸命想いを口にすると、シュラウド様はいつものように笑ってくださる。

「シュラウド様だけ、です。私を……あなたが、救ってくださった。深い暗闇の中で、ずっと……蹲っているようでした。……あなたが私を無理やり、暗闇の中から引きずりあげてくださるまでは」

本当に――そうだった。

私は自分に自信がなくて、ただ生きていることにすら罪悪感を覚えていた。けれど、今は違う。

シュラウド様が愛してくださったから。沢山、気持ちを伝えてくださったから。だから――。

「アミティ……愛している。俺を、受け入れてくれて、ありがとう」

シュラウド様は私の体を強く抱き返してくださった。

どさりとベッドに倒されて、シュラウド様が私に覆いかぶさる。

蠟燭に灯る炎に溶ける蜜蠟のように、蕩けて揺らめく赤い瞳が私を熱心に見つめている。

気恥ずかしさを感じて私は一度目を伏せる。けれど今この瞬間を忘れたくなくて、シュラウド様をそっと見つめ返した。

手を伸ばして、眼帯の下に見えている少し赤みをおびた爛れた皮膚に触れる。

古い傷だけれど、生々しく残っているそれ。

痛かっただろうと、思う。

それでもシュラウド様は、私のように塞ぎ込むこともなく何もかもに怯えることもなく、諦めることもなく――快活に、笑っている。

「シュラウド様……好き、です。あなたを、尊敬します。私も、あなたのように強く在りたい」

シュラウド様は愛し気に目を細めて、傷に触れる私の手を取ると、その手のひらに口づけた。

「君は、十分強い。アミティ。誰も恨まず憎まず……消えることを望める人を、俺は弱いとは思わない」

いつも――泣きたくなるほどに、あなたは優しい。

私の全てを包み込んでくださるシュラウド様を、私も――精一杯の愛情で、包んでさしあげたい。

「あなたの言葉は、いつも私を……救ってくださいます」

「俺もそれは同じだ。アミティ、君が欲しい。君は俺のものだが、もっと深く強く、君と繋がりたい」

赤い瞳に、炎が灯ったような気がした。

その瞳で見つめられるだけで、私は。

――心臓が、おかしいぐらいに速く、鼓動している。

「私を、あなたのものに……私の全部をあなたのものに、してください」

「それは、殺し文句だろう。……もう、待てはできない。だが痛かったり嫌だったら、必ず言ってほしい。可能な限り、優しくする」

シュラウド様の唇が、私の首筋に触れる。

ぞわりとしたものが肌を粟立てた。

それは嫌悪とは違う何か。

体の中心に火がつくようだ。恥ずかしくて落ち着かなくて、逃げ出したいような気もするけれど、もっと、触れてほしいと思う。相反する感情がぐるぐると胸の中に渦巻いて、瞳に涙の膜が張った。

私を――シュラウド様が欲してくださっている。

唇が触れて、大きくて硬い手の感触が体に触れる。言葉よりも一層強く欲求が感じられる。

――こんな私でもあなたに欲していただける。あなたを、喜ばせることができるのが、嬉しい。

「シュラウド様、好きです、……好き、大好き、です……」

言葉というのは不安定で。形のない揺らめく蜃気楼《しんきろう》のような、けれど春に咲いた裏庭の小さな花みたいなこの感情を『好き』という一言でしか表せないけれど。

こうして触れ合うと、互いの境界が曖昧になって本当に、一つに溶け合うことができる、みたいに。

私があなたを求めていること、あなたが私を、求めてくださっていること。

言葉がなくても、わかるから。

「アミティ、愛している。俺のアミティ。……君の全ては、俺のものだ。他の誰にも渡したりしない」

まだ花の咲かない蕾《つぼみ》の花弁を、ゆっくりと丁寧に優しく剝いていくようにして、シュラウド様は私の体を開いていく。

私はシュラウド様の蛇の紋様のある背中に手を這わせて、その筋肉の隆起を確かめるように、幾度も撫でる。

呼吸の音が聞こえるほど、近くて。

心臓の音が重なるほどに、あなたが傍にいて。

――蜜蠟の蠟燭が、部屋を甘く優しく照らしている。

シーツに落ちる陰影が形を変えるたび、私は小さく吐息を漏らした。

それはまるで、どこまでも甘く淫らな揺り籠の中で揺蕩っているようだった。

「アミティ……大丈夫か、辛くないか」

シュラウド様は、何度も私にそう聞いてくださった。

自分の体がどこにあるのか、どんな形をしているかさえ忘れそうになるほどの熱に翻弄されながら、私は頷く。

シュラウド様の声は、言葉は、その全ては――明るい灯のように、いつだって輝いている。

今日のこと、私はきっと忘れたりしない。

強く、なろう。

誰よりも強いあなたを守ることができるぐらいに、強く。

病めるときも健やかなるときも、嵐の日も晴れの日も。

あなたと歩んでいくと、決めたのだから。

◆十年前の記憶

シュラウド様が私の髪や頰を撫でている。

夜の帳がすっかり降りた部屋には蜜蠟の甘い香りと炎が揺らめいて、壁や天井にゆらゆらと陰影を形作っている。まるで夜空に浮かんでいるみたいだ。

私はくたりと体の力を抜いてベッドに横たわり、ぼんやりとシュラウド様の手のひらのぬくもりを感じていた。

美しい湖の水底へと沈んでいくようで、激しく燃え上がる炎を前に立ちすくんでいるようで――眩暈《めまい》がするぐらいに熱く激しくそして、優しかった。

交わる前も、後も。耳で。唇で。指先で。体で。全身で、愛情を感じることができる。

あなたを、愛していると伝えることができる。

恥ずかしいけれど――嬉しい。

「アミティ、無理をさせたな。君が愛らしくて……夢中になってしまった」

平時よりも少し掠れた低い声が、鼓膜を震わせた。

気遣うように深紅の瞳が私を覗き込んでいる。私はシュラウド様を見上げて、まだ体に残る甘い余韻をそのままに、微かな笑顔を浮かべる。

「大丈夫です。私……とても、幸せでした」

囁くような小さな声だけれど、二人きりの静かな部屋にはよく響いた。

「だが、辛かっただろう？　体は痛まないか」

「大丈夫です。シュラウド様、全部、優しくて……こんな私、ですけれど、あなたを喜ばせることができるのですね……嬉しい」

熱のこもる声で、愛していると何度も言っていただいた。

可愛い、好きだと。一生分を、言われたような気がした。

甘くて、恥ずかしくて、幸せな記憶だ。

「そう健気なことを言われると、抱き潰してしまいたくなる」

「は、はい……私、頑張りますね」

「俺もいい大人だ。初夜の大切な花嫁に、これ以上の無理は強いたりしない」

シュラウド様は苦笑すると、私の目尻を掠めるようにして口づけた。

それから私の隣にごろりと横になって、腕に閉じ込めるようにして抱きしめてくださった。

「アミティ、俺を受け入れてくれて感謝する。……愛する人がこの腕の中にいるというのは、これほどまでに満たされるのだな」

「私もです……シュラウド様、とても、幸せでした。今も……夢の中にいるようです」

「あぁ。俺もだ。これが夢だとしたら、永遠に醒《さ》めないでほしいな。朝など来なければいいと思ってしまいそうになる」

これがもし夢だとして。目覚めたら私は――オルステットの家の、寒い物置小屋にいるのだろう。

そうだとしたら――本当に、このまま夢の中にいたい。

僅かばかりの不安を、私はすぐに打ち消した。ここはオルステットの家ではない。シュラウド様はここにいて、優しいハイルロジア家の方々がいる。

夢のようだけれど、夢みたいな現実がきっと明日も続いている。

「だが、夢ではないよ、アミティ。これからもずっと君と共に生きよう。朝が来れば、楽しい一日がはじまる。そして、愛しい夜も。幾夜も、君と過ごすことができる」

「シュラウド様……私も、同じように考えていました。あなたと、……たくさんの、時間を、過ごすことができる。……明日のことが楽しみだと思えるのは、シュラウド様がいてくださるからです」

「君は殺し文句が上手《うま》いな。俺は大人だと言ったばかりだが……思わず、もう一度、朝まで……君に触れていたくなってしまう」

優しく唇が重なって、そっと離れていく。私の僅かに濡れた唇を、シュラウド様の指先が辿った。

「俺は君を離さない。たとえどんなことがあっても、君を守る。まぁ、俺は強いから、君を残して死ぬようなことはないだろうが」

「シュラウド様……シュラウド様に何かあったら、私……」

それを想像するだけで、幸せだった気持ちに影が落ちた。

辺境伯であるシュラウド様は有事の際には戦場に立たなくてはならない。だから——危険なことはとても多いだろう。

シュラウド様がいない世界なんて、もう私には考えられない。

「心配することはない。俺は死神だ。死神とは、死を運ぶ神。つまり俺は不死身ということだな」

自信満々にそう言われると、忍び寄っていた不安が嘘みたいに消えていく。こんな幸せな日に暗い顔をしたくなくて、私は微笑んだ。

「……はい……シュラウド様は、私の、大切な……暁の騎士様です」

「あぁ、そうだった。死神は廃業だな」

シュラウド様は私を抱きしめながら、喉の奥で密やかに笑った。

体が揺れる。笑い声が直接体に響いてくるみたいで、私もくすくす笑った。

「君の笑い声は、小鳥の囀《さえず》りのようで愛らしいな、アミティ。もっとたくさん、君を笑わせたい。明日も明後日《あさって》も、一緒に楽しいことをたくさんしよう。楽しいことと少し、不埒なことも な」

「は、はい……」

艶やかな声で耳元で囁かれて、私は頬を染める。

それから、シュラウド様の背中に腕を回してきゅっと抱きついて、その首元に頰を寄せた。

「シュラウド様……私も、どんなことがあっても、シュラウド様のことが好きです。何を聞いても、何を知っても……あなたが」

「あぁ。……わかっている、アミティ。俺の体を見ても君は嫌悪することもなく、俺を気づかってくれるのだな。……君は本当に優しい女性だ。君と出会わなければ、俺の人生はずっと精彩を欠いた寂しいものだったのだろうな」

シュラウド様の低い声が、蜜蠟の蠟燭の心許《こころもと》ない明かりに照らされた部屋に、静かに響く。

触れ合う素肌があたたかい。

カーテンの開かれている窓からは、空が近い。

お城の一番上にある部屋だからなのか、それともハイルロジアの冷たい空気が澄んでいるからなのか、星や月が、手を伸ばせば届きそうなほどに近くに感じる。

「……俺が十五の時だ。スレイ族がハイルロジアの城まで攻め込んできたことがあってな。城に内通者がいたのだろう。暗殺部隊が城に侵入して、俺の両親は命を狙われた」

私の体を抱きしめながら、シュラウド様は静かな声音で言った。

「暗殺部隊……」

それがどういうものなのか私にはよくわからないのだけれど、きっと、おそろしい兵士の集団なのだろう。

シュラウド様は頷くと、続ける。

「俺には弟と妹がいた。二人とも俺とは年齢が離れていて、まだ幼かった。両親は命を助けてくれたら何でも要求を吞むと言い、スレイ族は、ならば人質を家族の中から寄越《よこ》せと言った」

「人質……？　でも、どうして」

「ハイルロジアの血筋の者を攫い、今後の侵略が優位になるようにしたかったのだろう。人質は脅しにも取引にも使える。それにスレイ族の者と番《つが》わせれば、スレイ族の血を引いたハイルロジアの跡継ぎを生むこともできる」

「……まさか、シュラウド様が」

「あぁ。両親は、俺を売った。俺はスレイ族の元へと連れていかれて背中に紋様を彫られた。これは奴隷の印。スレイ族に忠誠を誓っているという証《あかし》だ。……俺はこの通り気が強くてな。向こうに連れていかれてもずっと反抗的だった」

私はシュラウド様の背中に手を回して、そこにあるはずの紋様を辿るように撫でた。

きっと、痛かっただろう。

体も痛かっただろうし、心も、すごく。

「両親を恨み、スレイ族の連中を憎んだよ。全員殺してやるとさえ思ったこともある。反抗的な俺は鞭《むち》で打たれ、剣で切りつけられ、スレイ族を侮辱した罰で片顔を焼かれた」

シュラウド様の顔の右側には、焼け爛れた傷跡が残っている。眼球も瞼も失われている。

それは――スレイ族に、片顔を焼かれたから。

「……シュラウド様、……お辛かったですね……」

どれほど痛かっただろう。

苦しかっただろう。

なんて残酷なことをするのだろう。シュラウド様の痛みを考えると、体が震える。

「すまないな。怖がらせてしまったか」

「大丈夫です……怖いわけではないのです。シュラウド様の苦しみを思うと……」

「今となってはもう過去の話だからな。気にしてもいないし、この醜悪な姿を君が受け入れてくれたのだから、もうそう悪くないとは思っているよ」

シュラウド様は明るい声でそう言って、私の髪に唇を落とす。

私はお父様に――傷つけられた時のことを思い出す。

人は人に、どこまでも残酷になれるものなのだろうか。私は誰かを傷つけたら、心が痛いと思うのに。

シュラウド様の痛みや苦しみ、怒りを思うと、心が軋んだ。

「俺が十五の時だから、今から十年前の話だな。それから三年間兵士として育てられた俺は、スレイ族のハイルロジア城制圧に同行させられた。そのころには俺は奴らに従順なふりをしていたから、信用されていたのだろう」

「自分の家族の住むお城を……？」

「あぁ。俺が両親を憎んでいたのは確かだ。その憎しみを買われたということもあるのだろう。奴らは自分たちの行いを棚に上げて、まるで俺の味方のような顔をして、実の子供を敵に売った親に復讐《ふくしゅう》をしてやれと俺に言った。……俺はスレイ族に同行し、この城に押し入って……」

シュラウド様はそれから、深く息をついた。

「俺がここに辿り着いた時、すでに先行部隊が城の中に入り込んでいた。ハイルロジアの兵士たちは半数以上が倒れていて、……俺はハイルロジアに寝返って、スレイ族の連中に刃を向け、行く手を切り開きながら城の奥へと進んだ」

私は、小さく頷く。

何を言っていいのかがわからなくて、シュラウド様の体をただ抱きしめていることしかできない。

「手遅れだったよ。俺の両親や弟妹はすでに、事切れていた。それから俺は城に入り込んでいたスレイ族を全て、この手で屠った。……あの時の俺を突き動かしていたのは、憎しみだけだった。その恐ろしい姿を見た者が俺を――死神と……まぁ、悪くない呼び名だとは思っている」

「シュラウド様は私よりもずっと、苦しいのに……私に笑いかけてくださるのですね」

「すべては時が解決してくれる。それは昔の話だ。だが……今でも思う。俺が家族を救うことができなかったのは、俺が家族を救いたくないと思っていたからではないのかと。憎しみに沈んだ心で、俺を売った両親など、俺の犠牲で幸福を享受している弟妹など、消えてしまえと思っていたからではないのかと、な」

「……痛くて苦しくて、辛かったら、誰かを恨んでしまうのは、仕方ないことだと思います」

「君は誰も恨んでいないだろう、アミティ。君は、強いよ。俺よりもずっと。……俺は俺のような怒りと憎しみに染まった男の血など、絶やしてしまおうと思っていた。子供を生す気などはなかったのだがな。……君と出会って、気が変わった」

シュラウド様はそう言って、私の体を痛いくらいにきつく抱きしめる。

「俺は君との子が欲しい。君の優しさがあれば、死神の子供は生まれない。その子はきっと、暁のような輝く希望に満ちた子になるだろう」

私も同じように思っていた。

私のような白蛇と蔑まれた女でも、シュラウド様とならきっと、強く優しい子が産まれるだろうと。

シュラウド様も私と同じように、悩み、苦しんでいた。

――それなのに、そんな素振りを微塵《みじん》もみせることもなくて。いつも明るく勇気づけて、私を救ってくださった。

シュラウド様が、愛しい。好きだという気持ちが溢れて、体から零れて――この部屋いっぱいに、花で満たしていくみたいに。あなたが、好き。言葉では足りないぐらいに、愛している。

「シュラウド様も、優しい方です。辛い記憶を、教えてくださって、ありがとうございます」

「いや。楽しい話ではなかっただろう。聞いてくれて、ありがとう。……誰かに話したのははじめてだが、……気持ちが軽くなるものだな。君でなければ、話そうとも思わなかっただろうが」

「私、シュラウド様が好きです。あなたを知る度、もっと、あなたを好きになっていく、みたいです。……愛しています、シュラウド様」

「あぁ、アミティ。愛しているよ。……俺は、幸せだ。本当に君と出会えてよかった」

苦痛も苦悩も感じさせない振る舞いをするために、どれほどの努力があっただろうと思う。

悲しいことがたくさんあったけれど――でも、これからは。

私も暗い顔をしないで、シュラウド様の傍にいてさしあげたい。

シュラウド様が好きだとおっしゃってくださった笑顔を浮かべながら、ずっと。

◆オルテアさんは甘いものが好き

ハイルロジアのお城の、私とシュラウド様の寝室に繋がっているリビングルームには、大きな暖炉がある。

冬に近づくハイルロジアのお城は、厚手のショールを肩からかけていても肌寒い。それなので、暖炉にはいつも火が入っている。

暖炉の前には、毛足の長い絨毯が敷かれている。その絨毯の上には、オルテアさんが寝そべっている。

オルテアさんは大きい。

大きなシュラウド様と私を乗せられるぐらいに、オルテアさんはとても大きい。

部屋がいっぱいになるほど――とまではいかないけれど、敷かれている絨毯がいっぱいになるぐらいには大きい。

『アミティ、何をしているのだ』

最近オルテアさんは、私と二人きりの時は姿を見せるようになった。

シュラウド様は「俺の嫁に手を出すつもりか！」と怒っていたけれど、オルテアさんは『馬鹿者がうるさい』といって、あまりとりあってはいないようだった。

「ええと、これは、縫い物をしているのですよ」

『縫い物？』

大きなオルテアさんの横に揺り椅子を持っていって、私はちくちくと、針仕事をしている。

黒い丈夫な布を、太めの針で縫っていく。

中心部分の布地を、緩く縫ってきゅっと糸を引っ張って、薔薇《ばら》の形にした布で装飾していく。薔薇の下は黒い生地で、葉を縫い付ける。

「もうすぐ、建国の式典があるのです。国王陛下からご招待いただいていて、それで……シュラウド様に、何か身に着ける物を縫って差し上げたくて」

『お前は何を作っているのだ』

「眼帯です。シュラウド様は、眼帯は目を隠せればそれでいいっておっしゃっていましたけれど、お花、つけたら可愛いかと思って……薔薇の眼帯を作っているのですよ」

『顔に、花を……？　あの馬鹿者の顔に、薔薇を？』

「変でしょうか……シュラウド様、顔立ちがとても素敵だから、華やかになって似合うと思うのですけれど」

『人間の美醜はわからん。だが、お前がよいと思うのならばよいのではないか』

オルテアさんが励ましてくれるので、私はにっこり笑った。

「オルテアさん、ありがとうございます。ここまで作ったので、完成させてみますね」

私は作り途中の眼帯を、両手に持って目の前に翳《かざ》してみる。

シュラウド様はとても格好いいから、似合うのではないかしら。片顔を薔薇の眼帯で隠したシュラウド様、絶対に素敵だと思うのよね。

建国の式典への参加を、シュラウド様はとても迷っていらっしゃるようだった。

オルステット家の者たちと会うかもしれないこと。

そしてそもそもシュラウド様が夜会などに顔を出すと、皆怖がるのだと。そんなことも気にされていたようだった。

私なら――シュラウド様と一緒なら何を言われても、どのような目で見られても、もう大丈夫。

けれどせっかくなら、華やかな衣装で堂々と、参加したい。

シュラウド様が気にされているのは顔の傷。

私が気にしているのは、背中の傷。

背中の傷はドレスで隠れるけれど、顔の傷はいっそのこと、目立つ装飾で隠せばいいのではないかしらと思う。

「薔薇の眼帯も素敵だと思うのです。薔薇の騎士のシュラウド様、素敵。でも、顔半分を隠すような、仮面も素敵だと思うのです。半月の騎士……素敵。シュラウド様は私の暁の騎士なのですけれど、他の呼び名も全部素敵だと思いませんか？」

『その呼び名は、全てお前が考えたものだろう、アミティ』

「はい！　全部私が考えました。どれもこれも素敵で、迷ってしまいますね……！」

私は仮面をつけたシュラウド様の姿を想像して、一人で盛り上がった。

どんなシュラウド様も素敵。私の想像の中のシュラウド様は、いつも私に微笑んで「アミティ、君は俺のものだ」と言ってくださる。好き。

『お前が喜びに満ちていると、どうも、心が湧きたつような気分になるな。何故なのだろうな』

「それは、オルテアさんもシュラウド様のことが好きだからではないでしょうか」

『それはない』

オルテアさんは呆れたように目を細めて、それから私の前のテーブルの上に置いてある、チョコレートケーキに視線を向けた。

『それは食わないのか、アミティ』

「あ。縫い物に夢中になるあまり、忘れていました。ジャニスさんが、お茶菓子を持ってきてくださったのに」

お皿の上に手のひら大のチョコレートケーキが載っている。

ジャニスさんの用意してくれるケーキは、たくさん食べてほしいという気持ちが込められているためか、いつも大きめに切られている。

チョコレートケーキは、チョコレートが練り込まれた生地に、中央にはフランボワーズのソース。それから、表面は溶かしたチョコレートでコーティングされていて、甘い。

「オルテアさん、食べますか？」

私のために用意してくれたものを、オルテアさんにあげるのはいけないかもしれないけれど。

でもオルテアさんは自分から食べたいとか、あまり言わないから。オルテアさんが私と常に一緒にいるのはジャニスさんには内緒らしいし。ジャニスさんとか他の侍女の方がいらっしゃると、大きな体をすっと消してしまうのよね。

まるで蜃気楼みたいに消えてしまうオルテアさん。

どうやって消えるのかとかどこにいるのかとかは、言葉では説明できないと言っていた。

『お前が食わないと言うのなら、仕方あるまい』

私は縫い物を一先《ひとま》ずテーブルに置くと、オルテアさんの元にチョコレートケーキを持っていった。

大きく開いた口から覗く舌に、お皿を傾けてチョコレートケーキを載せる。

オルテアさんの口はとても大きい。

私なんて丸かじりにできそうなぐらいに大きい。

けれど私はオルテアさんが私に危害を加えないことを知っているから、怖くない。

「オルテアさんには、チョコレートケーキ、小さすぎますね。もっとたくさん、大きいケーキを食べたくないのですか？」

『お前がいらないと言うものを、仕方なく食べているのだ』

「じゃあ今度、ホールケーキが食べたいって、ジャニスさんにお願いしておきますね」

『お前が食いきれないと言うのなら仕方ない』

私はくすくす笑いながら、オルテアさんのふかふかな毛皮を撫でた。

ふかふかな毛皮を撫でたあと、オルテアさんの顔に、ぎゅっと抱きつく。ふかふかな毛皮に全身が包まれているみたいで、あったかくて気持ちいい。

『なんだ、アミティ。寒いのか』

「寒くないです。こんなにあたたかい冬を迎えるのは、はじめてなんです、私。心も体も、とてもあたたかいのです」

『そうか』

「シュラウド様と出会って、傍に居させていただいて、愛していただいて……私、幸せです。ハイルロジアはオルステットよりも寒いですけれど、オルステットよりもずっと、あたたかいです」

『アミティ。お前は奇妙だ。お前は今まで他の人間どもに食い物にされてきたのだろう。貶められたときに感じるのは、まず怒りではないのか』

「怒る……そうですね、怒らなければ、いけなかったのだと思います。シュラウド様のように、毅然《きぜん》と、立ち向かわなければいけなかったのだと思います。でも、私にはそれができなくて……」

『純粋な疑問だ。だがお前には我のように尖った牙も大きな爪もないからな。難しいだろう』

オルテアさんが、とても真剣に言う。

牙と、爪。戦う力。私にはそれがなかった。戦おうという気持ちを、はじめから持たなかった。貶められることを、受け入れて。自分が悪いとばかり、考えていた。

「私にもオルテアさんみたいな牙があれば、また違っていたかもしれませんね」

『そうだろう。我にはあるからな。お前は特別に、我を頼っていい。お前を貶めた者たちを、我が食い殺してやろう』

「ふふ……ありがとうございます。心配してくださっているのですね。でも、私はもう大丈夫なのですよ」

食い殺すというのは、困ってしまうけれど。

心配してくれている。その気持ちが嬉しい。

「オルテアさん、……私、自分が嫌いでした。弱くて、情けなくて、何もできなくて。……でも、今は違います。シュラウド様が、私を認めてくださって、私を欲しいと言ってくださったから」

私はオルテアさんの頭をぎゅっと抱きしめる。

こんなに心があたたかいのは、シュラウド様のおかげ。

シュラウド様の周りの人たちが優しいのは、シュラウド様が優しいから。

私も、同じように在りたい。

「私、強くなりますね。誰に何を言われても、もう、俯いたりしません。自分を恥じたりもしません。怒る必要があるときは、怒ろうと思うのです。私は、アミティ・ハイルロジアですから」

オルステットという名を捨てられたとき、とても体が軽くなるのを感じた。

もう私は、あの家の子供ではない。

——私はシュラウド様の妻。

そう思うと、今まで私に重くのしかかっていたオルステットのお父様やお母様、妹を、記憶の中の箱へとしまって鍵をしめて、閉じ込めることができた気がした。

「……アミティ！　抱きつくのなら俺にしてくれ……！」

私がオルテアさんの毛皮に顔を埋《うず》めていると、いつの間にかやってきたシュラウド様に背後から抱きしめられた。

拗ねるようにそう言って、私の首筋に口づけてくるので、私はくすくす笑った。

式典までに、華やかな衣装を仕上げよう。

誰に見られても恥ずかしくない素敵なドレスを一緒に考えようと、ジャニスさんたちも言ってくれている。

シュラウド様と並んで国王陛下にご挨拶をするのが、とても楽しみだ。

私が作った眼帯は三種類。

一つは、薔薇の花の飾りがついたもの。

二つ目は、黒いリボンとフリルで飾り付けたもの。

三つ目は、蝶の飾りがついたもの。

縫い物が得意でよかった。どれも全部可愛くできたと思う。

「シュラウド様、どれがいいでしょうか……もしよければ、着けてみてくださいますか？」

「俺のために作ってくれたのか、アミティ！　嬉しいよ、ありがとう」

ハイルロジアのお城の応接間には、シュラウド様と私、それから仕立て屋のコニーさん、私の侍女のジャニスさんと、シュラウド様の側近のアルフレードさんがいる。

私のドレスについての相談が終わったところで、私はいそいそと作っておいた眼帯を取り出してシュラウド様に見せたというわけである。

ソファに私と一緒に座っているシュラウド様は、案の定嬉しそうに、笑みを浮かべてくださった。

眼帯を一つ一つ手にすると、しげしげと眺めて、目の前のテーブルに丁寧に置いていく。

「これを、アミティが？」

「まぁ！　素晴らしい縫製ですね、奥様！　お世辞ではありませんよ、そのような不敬なことはいたしません。本当に綺麗に縫われています。それにこのフリル、リボンも薔薇の飾りも……！　蝶も布で作られているのですか？　素敵、素敵です奥様！　眼帯業界に革命が起こりますよ、これは……！」

ややや興奮気味に、コニーさんが身を乗り出してきて言った。

コニーさんはハイルロジア家のお抱えの仕立て屋さんで、シュラウド様のお洋服から使用人の方々のお仕着せまで、全てコニーさんのお店で作られているのだという。

私のドレスについても、熱心に相談に乗ってくれた。私の婚礼の衣装もコニーさんが仕立ててくれたものだ。

念のために新しいドレスのための採寸をし直すと、婚礼の衣装を仕立てた時よりも少し肉付きがよくなっていてとてもいいと言われたので、貧相な体を気にしていた私は、ちょっと嬉しかった。

「ありがとうございます、コニーさん。シュラウド様、顔立ちがとても華やかですから、眼帯も負けないぐらいに華やかなものがいいかなと思ったのですけれど」

「大変いいと思います！　ハイルロジア様は着飾ることにあまり興味がない方ですから、眼帯も古めかしいでしょう？　作り直そうと何度も言ったのですけれどね、いらないの一点張りで」

「眼帯、格好いいと思います、私」

「ええ、ええ、そうですよね！　目が隠れていることによる魅力というものも、この世の中には存在すると思うのですよ。身に纏《まと》う装飾品の一つですからね、眼帯も。奥様、わかっていらっしゃる……！」

「はい！　ありがとうございます、コニーさん。もちろん今のシュラウド様も素敵ですけれど、晩餐《ばんさん》会には晩餐会用の眼帯がいいかなと思うのです」

「どれもこれも素敵です！　ハイルロジア様。その時々ハサミで切っているだけの伸ばしっぱなしの髪を縛って、華やかな眼帯を目立たせましょう」

ハサミで切っているだけの伸ばしっぱなしの髪と言われて、シュラウド様はご自分の髪を指でつまんだ。

「まぁ、そうだな。アミティが俺を素敵だと言ってくれるから、甘えていたようだ。俺も少しは身なりに気をつけないといけないな」

「シュラウド様、あまり手入れをしていないのに美しいなんて……これ以上シュラウド様が美しくなってしまったら……シュラウド様が女性たちから人気になってしまったら、私……困ります」

「それは嫉妬だな、アミティ。嬉しい」

私はシュラウド様の手を握った。シュラウド様の美しさに、建国の式典に参加した貴族の女性たちが気づいてしまったらどうしよう。

拗ねたような声が出てしまい、私は俯いた。

私の手を大きな手で包み込むように握って、嬉しそうに微笑むシュラウド様としばらく見つめ合った私は、はっとして、やや焦りながら口を開く。

私はシュラウド様に、無理強いしているのではないかしら。

今のシュラウド様だって十分素敵なのに。

「シュラウド様、お嫌でしたら、普通の眼帯でもいいと思います。私、どんなシュラウド様でも素敵だと思っていますので……！」

シュラウド様は派手な眼帯がお嫌かもしれないのに。薔薇もリボンも蝶々も私は可愛いと思うのだけれど、シュラウド様は男性だからもっと猛々《たけだけ》しいものがよかったかもしれない。

例えば、何かしら。

——虎、とか。

虎は、作れないわよね、多分。猫みたいになる気がする。

それこそ、オルテアさんみたいな形の。

「嬉しいよ、アミティ。君が作ってくれたものを、嫌がるわけがないだろう。俺のために縫ってくれたんだな。手は大丈夫か？　怪我などしていないか？」

心配そうにシュラウド様は言って、握っている私の手を確認するように視線を落とした。

「毎日君が健やかかどうか確認をしているからな、手に怪我などしていたらすぐに気づいているとは思うが」

「大丈夫です。お裁縫は……刺繍《ししゅう》も縫い物も、得意です。手先が器用なんです」

「そうか。それならばよかった。縫い針が刺さって君の手に傷がついたらと思うと、心配になってしまうな」

「縫い物中に軽く手を刺すことはよくありますから、小さな傷ぐらい、なんでもありません。心配しなくても大丈夫ですよ」

「アミティ、あまり無理はしないようにな。針が刺さったらすぐに俺に言ってほしい。然るべき治療をしよう」

「はい……ありがとうございます」

縫い物の時の怪我はほんの小さなものだから、治療するほどでもないのだけれど。

シュラウド様が私の手を握って真剣におっしゃるので、私は頷いた。

「……シュラウド様、コニーが困っていますよ。目の前でそう熱く見つめ合われては、私たちは邪魔なのかなと。退室の必要性を確認したくなるのですが」

アルフレードさんに言われて、私は顔が赤くなるのを感じた。

シュラウド様は特に恥ずかしがる様子もなく、私の手を握り続けている。

「愛する妻が俺のために贈り物を用意してくれていたんだぞ、喜びを伝えるのは当然だろう。アミティ、嬉しい。今までもらったどの贈り物よりも嬉しい。いや、贈り物などもらったことはないのだがな」

「渡しているじゃないですか、シュラウド様。年末に必ず一年のご挨拶で、使用人一同から粗品を。騎士団一同からも、粗品を」

やれやれと、アルフレードさんが肩をすくめた。

「使用人一同からは、去年は寂しい新年を迎える旦那様のために、ハイルロジア酒とおつまみ用のクッキーの詰め合わせでしたね」

「ジャニスたち侍女は新年を旦那や子供と過ごしますから。シュラウド様だけが一人きりですから。騎士団からは寂しくないように、羆の置物を渡しました」

ジャニスさんとアルフレードさんに言われて、シュラウド様は深いため息をついた。

くまの置物。そういえば——シュラウド様の執務室に、木彫りの熊が置いてあったような気がする。

「お前たちからの毎年のプレゼントもありがたく受け取ってはいる。だが、愛する女性の手作りの眼帯だぞ？　アミティ、ありがとう。どれも素晴らしい。迷ってしまうな」

「気に入ったものがあるといいのですけれど……」

「どれも気に入っている。だから迷っている。アミティは、どれがいいと思う？」

「そうですね、私は……やっぱりお祝いなので、薔薇でしょうか。黒薔薇の騎士様、格好いいです」

「そうか、黒薔薇の騎士か」

「はい……！」

シュラウド様はするりと、今つけている眼帯を解いた。

眼帯の下には、赤く焼け爛れて引きつれた皮膚と、虚になっている眼窩《がんか》がある。

眼帯をしていなくても、片顔が焼け爛れていても、シュラウド様は美しい。

けれど王都の貴族たちは、シュラウド様のお顔が怖いと思うのよね。オルステッド家の人が私を、蛇だと蔑んだように。

見た目の差異というのはそれだけで差別の対象になるものだと、シュラウド様は言っていた。

同じ形の人なんて一人もいないのに。

私は貧相で、ジャニスさんはふくよか。シュラウド様は逞しくて、アルフレードさんは細身。

みんな違う。

ここでは私を蔑む人はいない。どうして私は今まで罪悪感を抱えて生きてきたのか、忘れてしまいそうになる。

「それでは、薔薇にしようか」

シュラウド様は薔薇が縫い付けてある眼帯を着けた。

眼帯の端から爛れた皮膚はどうしても見え隠れしてしまうけれど、眼帯の薔薇に先に目がいくので、むしろ目立たないような気がする。

それに。

「シュラウド様、素敵です……！　格好いい、シュラウド様、似合います……！」

「そうか。自分ではよくわからないが、それならよかった」

シュラウド様は照れたように笑った。

想像以上にシュラウド様の美しいお顔立ちに、黒い薔薇が似合う。

片顔から、花が咲いているみたい。

私は両手を握りしめて、興奮した。

すごい、格好いい。素敵。素敵。

いつも素敵だけれど、シュラウド様、素敵。好き。

「旦那様、本当によく似合っていますよ！」

「シュラウド様、コニーにその眼帯に合わせて衣装を考えてもらうのがいいかと思います。黒薔薇の騎士の名に相応しい服を仕立ててもらいましょう」

ジャニスさんとアルフレードさんも、シュラウド様の姿を見てやる気が漲《みなぎ》っている。

コニーさんは両手を叩いて、「もちろん！　最高の黒薔薇の騎士を作り上げます！」と言ってくれた。

◆フレデリク・ラッセルからの手紙

アミティに、笑顔が増えた。

今日はジャニスや侍女たちと共に胡桃の殻《から》を剝いて、キャラメルを絡めた菓子を作るのだという。ワインにきっと合うと言って、嬉しそうに笑っていた。

侍女たちに交じりエプロンを身につけて菓子を作ると張り切っているアミティは、とても可愛い。

どうやら菓子をたくさん作って、オルテアに食べさせたいらしい。最近のオルテアはアミティから菓子をもらうのを日課のようにしている。

……オルテアは少々調子に乗っている気がする。

「シュラウド様、国王陛下より手紙の返事が来ましたよ」

執務室の椅子に座って珈琲を口にしながら、あまり好きではない書類仕事の合間に一息ついていると、アルフレードが扉を叩いて入ってきた。ラッセル王家の刻印の入った手紙を手にしている。

「そうか、やはり王都は遠いな。手紙のやりとりをするだけで二週間以上かかる。オルテアに乗れば一日もあればフレデリクに会いにいけるのだろうが、わざわざ出向いて会いたい相手でもないしな」

「シュラウド様は、あえて手紙を送ったのでしょう？　手紙を送るだけなのに、騎士団の中でも手練《てだ》れの者を護衛につけて。案の定でしたよ」

「襲われたか？」

「ええ。二度、襲撃があったようです。野盗のように偽装していたようですが、訓練された兵だという報告がありました」

――やはりな。

オルステット公爵家長女アミティを俺が娶ったという噂は、おそらくは社交界にはすでに広まっているだろう。

人の噂は広まるのが速い。とくに俺のような嫌われ者の噂とあれば、余計に。オルステット公爵の耳にももちろん届いているはずだ。蜜月の、噂が。

オルステット公爵は俺がアミティを捨て置くか――始末でもすると考えていたのだろうが、そうはならなかった。蜜月の噂が伝われば、アミティの背中の刻印について知られることを危惧するはずだ。

そこで俺が王家に手紙を出したとあれば、その内容が気になって仕方がないだろう。襲撃者を差し向けて、奪おうとするほどに。

「こちらから王都に向かった使者は皆、ハイルロジア家の紋章を大きく刺繍した服を着ていましたからね。ハイルロジアからの使者だと目立つようにしていたせいか、行きに一度、帰りに一度。かなりの人数に襲われたとのことです」

ハイルロジア家の紋章は、翼を広げた鷹《たか》の形をしている。

これは古くから伝わるものだが、おそらくスレイ族の崇める神の紋様が蛇であることから、蛇を食い殺す鷹の形にしたのだろう。

ハイルロジアとスレイ族の軋轢《あつれき》は、それほど根深いものだ。

「我が騎士団の兵が、人数差のせいで負けることなどはないだろう。心配はしていなかったが、無事に戻って何よりだ。アルフレード、お前から労っておけ。特別に報奨もな」

「それなら、休みでもあげましょうか。金よりも休暇が欲しいと、兵士たちは口を揃えて言いますからね」

アルフレードはそう言いながら、俺の机にそっと手紙を置いた。

ペーパーナイフで封蠟を切って手紙を開ける。

「襲撃者は捕まえたか？」

「もちろん。数人捕縛して連行してきていますよ。けれど口を割りませんね。尋問は続けてみますが」

「オルステット公爵の手のものだろうな。手放した娘のことが気になって仕方ないらしい」

王都へ向かわせた使者が襲撃されたとなれば、俺の予想は大方正しいと言える。

そして襲撃をするほどに、捨てた娘が気になるというのは——やはり、アミティの背中の刻印は、俺の想像通りのものであるはずだ。

とはいえまだ予想でしかないので、アミティには伝えていない。きっと不安になるだろうし——このままでは、終わらない気がしている。危惧であればよいとは思うが。

俺は手紙の文面に目を通した。几帳面《きちょうめん》な文字で、手紙の返事は書かれている。

『シュラウド、君から手紙をもらうのははじめてだ』

そんな言葉から、手紙ははじまっていた。

◆

——オルステット家の娘を娶れと君に命じたのは、大方君の想像通りだ。

私の父とオルステット公爵は、兄弟でありながら対立関係にあった。といってもオルステット公爵が一方的に父を嫌っていただけで、父の方はさして関心がなかったようだが。

そのような関係であったので、オルステット公爵は王命を聞くような者ではない。ましてまだ若い私の命令などは、余計に。

アミティの境遇について、私はずっと気になっていた。

何が起こっているのかまではわからなかったが一度も社交界に顔を出すこともなく、妹の話では姉は体が弱いのだという一点張りだった。

オルステット公爵に尋ねてみたこともあるが、他人の家庭の事情に口を出すなと言われてしまってはそれ以上追及することもできなかった。

だがどうにも妙だと思い、オルステット家を辞めたという使用人を捜し出して話を聞き出したところ、オルステット家には娘はシェイリスしかいないのだという。

——アミティという名前の者は知らない。そういえば『白蛇』と呼ばれる不気味な若い女の使用人が、そのような名前だった気がすると。

オルステット家に入り込むことはできず、もし私の息のかかった者がアミティについて調べようとしていることが知られたら、アミティに何か危害が及ばないとも限らない。

それにただ、私の考えすぎかもしれない。

それ故、シュラウドに頼むことにした。

娘を娶りたいといえば、次女のシェイリスを寄越すのが順当だろう。まして体が弱く家から出ることができないというアミティを、嫁がせるようなことは普通はしない。

オルステット家には娘はアミティしかいなくなり、長女であるアミティは婿をとることになる。それならばいいと考えた。

だが、他の形になるのならば。ともかくあの家から従妹《いとこ》であるアミティを救いたいと考えたのだ。

◆

一枚目の手紙を読み終えて、俺は口を軽く歪めた。

予想通りではあるが、それなら先に言えとも思う。

アミティの置かれている立場を知らされていたなら、はじめて会った日にアミティを傷つけることもなかっただろうに。

あの時のことを思い出すと、苦いものを噛み潰したような気持ちになる。

寒かっただろうし、怖かっただろう。狼に襲われて、怪我もさせてしまった。アミティを傷つけない方法が、他にもたくさんあったはずなのに。

「食えない男だ。フレデリクめ、オルステット公爵が死神にアミティを嫁がせることを予想して、俺に妻をとれと言ってきたのだろうな」

「まぁ、それはそうでしょうね。貴族からのシュラウド様の評判は、最低もいいところですから。人殺しの死神辺境伯。冷酷な軍人。片面の化け物です。色々と呼び名はありますよ」

「どれもこれも悪くない。俺の強さをよく表している。だが今の俺はアミティの暁の騎士だ。死神よりもよい名だと思わないか？」

死神も、化け物も、そう呼ばれることをいちいち気に病んでいるわけではなかったのだが、アミティに名付けてもらった二つ名のほうが、ずっとよいものだ。

あの可憐な声で「暁の騎士様」と言われると、くすぐったくはあるのだが、その名に恥じないように生きようと思うことができる。アミティのために。

「黒薔薇の騎士もなかなかよいと思いますよ。……ともかく、そんなシュラウド様に大切なシェイリスを嫁がせるようなことは、公爵はしないでしょう。だとしたらアミティ様を……というのは、予想はつきます」

「予想がついていたら言え……という話だがな」

「フレデリク様は慎重な方ですからね。確証がないことはあまり口にしないように思います」

「八割当たっていれば、それは正解と同義だろう。全く、人に物を頼むのならきちんと説明するべきだ」

「シュラウド様も似た部分がありますからね。同類嫌悪というやつでしょうか」

アルフレードはそう言うと、肩をすくめた。

俺は手紙を折りたたんで、封筒の中に戻した。

「後は、建国の式典で会えるのを待っているとかなんとか、そんなことしか書いていない。やはり文字にするのは問題があるのだな」

「シュラウド様の予想が正しいのならば、そうでしょうね」

「神獣コルトアトルの愛し子。その体には、神獣の刻印が刻まれる。全ての聖獣を従え、神獣の声を聞くという」

それは、この国に伝わる伝承である。

ハイルロジア領に残されている『幸運を運ぶアウルムフェアリー』の伝承も、『神獣の愛し子』の伝承から派生したものの一つだ。

神獣に愛されて生まれてくる人間。

その者は神獣の声を聞き、この国に平和と豊穣を齎《もたら》すのだという。

神獣コルトアトルは、聖峰の頂で愛し子が生まれるのを待っているのだと。

その刻印は、四枚の翼を持つ蛇に似た動物――『竜』の姿を、しているのだという。

神獣の愛し子の刻印。またの名を、竜の刻印と呼ぶ。

といっても刻印の形については広く知られているわけではない。知っているのは王家に連なる者ぐらいだ。俺がそれを知っているのは、フレデリクには事情を説明している。フレデリクはたいそう喜んで、
オルテアを連れて帰った後で、フレデリクに聖峰に登ったことを知らせたからである。

俺のことを『盟友』と呼ぶようになり――王家の者が知る神獣についての話を、俺に聞かせた。

だがその形を知らずとも、体に浮かんだ刻印という話を聞けば誰もが『神獣の愛し子』を連想する。

オルステット公爵は、アミティが俺に話すとは思っていなかったのだろう。それどころか、俺がアミティを愛するようになるとは予想もしていなかったのだろう。

それは公にとって、オルステット公爵家の者たちにとって、アミティは不吉で不気味な蛇でしかなかったからだ。愚かなことに。

だから、今――焦っている。

「愛し子の伝説。それは、まさしくアミティ様のことです。アミティ様はオルテア様と話ができるのですよね」

アルフレードが密やかな声で言った。

この話は、アルフレードにしか今のところしていない。口の硬い男だ。長く俺の下で働いてくれているアルフレードを、俺は信用している。

「あぁ。……それにアミティは幼い頃に、オルステット公に背中の皮を剥がされている。刻印と、公は言っていたと。……四枚の翼を持つ竜の刻印があったのだろうな、おそらくは。公は元はラッセル王家の第二王子だ。刻印の形はもちろん知っていただろう」

「酷いことをなさる」

「余程気に入らなかったのだろうな。自分の娘とは思えない見た目をした娘に、その刻印があることが」

アミティの話では、オルステット公爵の奥方はアミティを生んだ後に不義を疑われて、公爵からひどい目にあわされているらしい。

オルステット公爵はアミティを、奥方の不義の子だと思い込んでいたのかもしれない。

そうではなかったとわかっても、気持ちは晴れず――それならいっそ化け物だと罵った方が気が楽だったのかもしれない。

公爵の気持ちなどわからないが、己の娘を傷つけるなど愚かなことだ。

「……動物でさえ、我が子を愛するというのにな」

俺の両親も幼い弟妹を守るために、俺を売った。

子を愛さない親というのは、この世には存在するものだ。

だが――それはもう過去の話だ。

俺にはアミティがいる。

アミティには、俺が。

両親がどんな人間であれ、今はそれで、十分だ。

◆王都への旅路

馬車に荷物を詰め込んで、王都にあるハイルロジア別邸へとシュラウド様と共に向かった。

護衛として馬で共に併走してくれているアルフレードさんは「シュラウド様には、護衛なんて本当はいらないのですけれどね」と、苦笑交じりに言っていた。

御者は腕に覚えのある兵士の方々が務めてくれていて――そもそもハイルロジア家の男性の使用人は、兵士としても訓練されている方しかいないらしいのだけれど、「長い道行きですが、必ずアミティ様をお守りします」と、皆口をそろえて言ってくださる。

とてもありがたいことだと思う。

オルステット家からハイルロジア家へ向かう馬車の中では、まるで罪人の護送のようだと思ったものだ。

けれど今は、違う。

美しいお洋服に立派な馬車。寝る場所にも食べるものにも、困ったりしない。

ハイルロジア家の方々も、シュラウド様もいてくださる。ありがたいことだ。以前の私には想像もできないぐらいに、幸せだった。

私は立派な馬車のベロアの張られたふかふかの座席の上から、窓の外を見つめている。

街道を馬車はゆっくりと進んでいく。

私たちは建国の式典に出席するために王都に向かっていた。けれど建国の式典までまだ一ヶ月以上の余裕がある。

急ぐ旅にしたくないと、シュラウド様が出立を早めてくださったのだ。せっかく王都に行くのだから、途中の街やタウンハウスでゆっくり過ごそうと。

「オルテアに乗れば、王都に行くまでにさほど時間はかからないのだがな。といってもオルテアのことを知っているのは、ハイルロジア領の者たちとフレデリクぐらいだ」

シュラウド様は国王陛下の名前を気安く呼んだ。

国王陛下フレデリク・ラッセル様は――私の従兄なのだという。お会いしたことは一度もないので、まるで実感はないけれど。

国王陛下がシュラウド様にオルステット家から妻を娶るようにと命じてくださったから、私はシュラウド様と出会うことができた。お会いしたら、お礼を言わなくてはいけない。

本当に、感謝している。

「オルテアのことを誰に知られても困るわけではないが、聖地を穢した者として罪に問われては厄介だと、フレデリクに口外しないように言われていてな」

「聖地を……？　でも、シュラウド様とオルテアさんは仲よしなのですから、むしろ聖獣と親しくなれた者として、尊敬をされるのではないでしょうか」

「皆がアミティのように考えてくれるとよいのだが、そういうわけにもいかない。俺は嫌われているからな。ハイルロジア家から俺を引きずり下ろす口実として、何か目立つことをすれば、あら探しをされる」

シュラウド様は度々、貴族たちに自分は嫌われていると言う。

こんなに素敵な方なのに、そして――国境を他民族や他国から守ってくださっているのに。私には、貴族の皆のことがよくわからない。

「まぁ、オルテアは俺が命じなければ、他者の前に姿を現すことなどなかったからな。隠すのはさほど難しいことではない」

「オルテアさんのことは、秘密なのですね」

「あぁ。秘密だ。俺とアミティと領地の者たち。それからフレデリク……は余計だが。ともかく秘密だ。領民たちが誰かに話すこともあるだろうがな。とはいえ俺については真偽の定かでない噂が多く出回っているから、その中の一つ、程度に思われるだけだろうが」

「シュラウド様の噂、ですか……」

「あぁ。もしかしたら王都で、嫌なことを聞くかもしれない。例えば出会った者を誰彼構わず切り裂く、とか。例えば、夜な夜な人間を襲っては食らっている、とかな」

「ひどい。シュラウド様はそのような方ではないのに……」

私はドレスのスカートを握りしめる。

それから身を乗り出して、私の正面に座っているシュラウド様の手を握った。

「シュラウド様が優しい方ということは、私はよく知っています。……誰が何を言ったとしても、シュラウド様は私の暁の騎士様……今は、黒薔薇の騎士様です」

シュラウド様は私の差し上げた眼帯をはめてくださっている。

顔の半分を薔薇の飾りが覆っていて、黒いお召し物と相俟って、夢のように美しい姿だ。

「俺は君だけの騎士だ、アミティ。次の街まではまだかかる。こちらにおいで」

シュラウド様は私の手を引くと、軽々と私を膝の上へと横向きに抱き上げた。

揺れる馬車の中で少し不安定な姿勢になった私は、膝の上から落ちないようにシュラウド様のお洋服を摑む。

「今までは馬車での移動は退屈で好きではなかった。馬に乗っている方がずっといい。そう思っていた。……だが君と二人きりでゆっくりできるというのは、いいな」

「は、はい……」

先程まで穏やかに会話をしていたのに、今はシュラウド様の熱を体に感じて、少し緊張した。

触れる熱も体に響く低い声も、私の腰を引き寄せる大きな手も。恥ずかしくて。けれど、嬉しい。

「数日こうして二人きりで、誰にも邪魔をされることもなく過ごすことができる。俺が何をしても、君は逃げることができない」

「シュラウド様から逃げたりなんて、しません」

「アミティ、先程の俺の噂は、半分はあっている気がするな。夜な夜な人を食べることはないが、いつでも君を食べたいと思っている。獣のように」

低く深い声に、艶が灯る。片方だけの赤い瞳が、愛しそうに私の顔を覗き込んだ。

胸が高鳴る。羞恥に頰が紅潮する。逃げ出したくなるぐらいに恥ずかしいけれど、求めてくださるのは、いつだって嬉しい。

「シュラウド様、私、シュラウド様のものですから、……シュラウド様の、好きに」

「愛しているよ、俺の妖精。今すぐにでも獣のように君を食べてしまいたいが、ここではな。タウンハウスにつくまでは――これだけで我慢しよう」

シュラウド様はそう言うと、私の唇に啄《ついば》むような口付けを落とした。

軽く音を立てて唇が離れて、もう一度重なる。

私は体を震わせながらそれを受け入れる。

シュラウド様の長い前髪が私の頬に触れるのがくすぐったい。やがて、唇を舌が割って入ってきて、私のそれと重なった。

「ん……」

シュラウド様の味がする。

甘く、淫らな味がして、体に熱が溜まっていく。ドレスの上から背中を辿る無骨な指に、体が震える。

「……っ、ん、ん」

舌が絡み合う水音と、吐息と、零《こぼ》れる甘い声。

逞しい体に抱きしめられていると、ここがどこなのかも忘れてしまいそうになる。

不埒な指先が、スカートの下の大腿に触れて、私は切なく眉を寄せた。

ゆっくり景色を眺める時間は――もしかしたら、あまりないかもしれない。

でも、それでも別に構わない。

ずっとこうしていたいと、思ってしまう。

私はシュラウド様の首に、甘えるように抱きついた。

◆光の都ヴィスパル

冬の足音が、すぐそこまで近づいている。そのせいで、日が落ちるのが早い。

夕方近くになると日の落ちた街道は光源がなく、馬車を走らせるのは危険だとシュラウド様は言った。

「火急の用でもあれば夜駆けをすることもあるが、今は王都への優雅な旅の最中だ。馬もあまり酷使すれば潰れてしまうからな」

王都までの街道沿いにあるいくつかの街を経由して、ひときわ大きな街に辿り着く。

街には広い馬車道が敷かれて、歩道を人々が行き交っている。屋台からは美味しそうな香りが漂い、若い恋人たちや、子供連れの夫婦などが楽しそうに笑い合いながら歩いていく。

「今までの補給拠点は小さな村ばかりだったが、ここ、ヴィスパルは王都の次ぐらいには大きな街だ」

「ヴィスパル……」

「あぁ。光の都と呼ばれている。近くに蓄光石が豊富にとれる鉱山があり、街の至る所に蓄光石が使われていてな」

シュラウド様は、私の手を引いて、馬車から降ろしてくださった。

そこは街の中心街から少し外れた場所だ。

馬車用の広い石畳を通り抜けて、その先にある大きな馬小屋の前に馬車は停《と》まっている。

「シュラウド様、アミティ様、長旅お疲れ様です。アミティ様は、慣れない旅でお疲れでしょう。宿は手配してありますが、このまま少し街を見て回りますか？」

馬小屋の主人と御者の方に馬を任せて、アルフレードさんがやってきた。

「どうしようか、アミティ。疲れているのなら少し休んで、夕方街を散策してもいい。それともこのまま街で食事をして、散策しながら宿に向かってもいいが」

「私……どちらでも――」

そう言いかけて、私は軽く唇を結んだ。

せっかくシュラウド様が私のためにゆっくりと王都への旅をしてくださっているのに、どちらでもいいなんて答えは失礼よね。

私がどうしたいかを、シュラウド様は聞いてくださっているのだから。

「馬車では座っているだけでしたので、元気です、私。できればこのまま街を見て、それからお夕食のあとにも、街を歩きたいです」

「そうか！　それはいいな。そうしよう、アミティ」

私が答えると、シュラウド様はそれはもう嬉しそうに破顔した。

「シュラウド様、護衛は必要ですか？」

アルフレードさんが尋ねる。

「俺一人で十分だ。オルテアもいるしな。アルフレード、他の者と共に自由にしていて構わない。出立は数日後にしようかと考えている」

「心得ました。本来は主《あるじ》を一人にするなど従者失格でしょうが、アミティ様との時間を邪魔したくはありませんので。ですが念のために声の届く場所で待機していますよ」

「必要ない。俺の方がお前より強いからな」

「それは知っていますけれどね。多勢に無勢ともいいますし」

アルフレードさんはやや困ったように言って、続ける。

「シュラウド様には今、アミティ様がいらっしゃるでしょう。女性を守りながら戦う経験はないのでは？」

「……それはそうだな。ではお前の言うとおりに。何かあれば呼ぶが、何もなければいないものとして扱うぞ」

「心得ていますよ」

アルフレードさんはそう言って苦笑した。

シュラウド様が私の手を引いて「それでは行こうか、アミティ」とおっしゃるので、私はアルフレードさんに軽く会釈をして別れた。

今日のシュラウド様も黒薔薇の眼帯をつけてくださっていて、ゆるく髪を纏めている。黒い外套に、首に巻いたタイだけが赤い。物語にでてきそうなほどに幻想的な姿だ。美しい石畳の道を歩く姿が、言葉では言い表せないほどに素敵。

いつも尊いけれど、今日も尊い。格好いい。好き。

私はシュラウド様に見惚れながら、手を繋いで歩いた。

私もシャーベットブルーの美しいドレスを着せていただいている。シュラウド様は毎日私を褒めてくださるけれど、私よりもシュラウド様の方がずっと美しい。

シュラウド様は私の歩調に合わせて、ゆったりと歩いてくださる。

石畳の道を進むと大きな川にかけられた橋があり、橋を渡ると道行く人の数が増えていく。道行く人々の視線が、私とシュラウド様に向けられているのがわかる。

きっと、珍しいのだろう。

私の色も、それからシュラウド様の傷も。

けれどあまり気にならない。視線も、人も。

以前のように人の視線におびえて、うつむくようなこともない。

「皆がアミティを見ている。きっと君が美しすぎるからだな。君の背中に私のものだと文字を書いて貼りたいぐらいだ」

「私の体に、シュラウド様の名前を彫りますか？　それも、素敵です」

「とんでもない。彫り物などはしないよ。痛いだろう。……それに、跡ならもうつけている」

シュラウド様は私の首筋を、軽く撫でた。

「……っ」

「見えるところにも、見えないところにも。俺のものだという跡がある」

馬車の中で、休憩に寄った街の宿で、シュラウド様は私に触れてくださるから。所有の印が、消えずに残っている。

私は気恥ずかしく思いながらも微笑んだ。

「シュラウド様……ふふ、そうですね。私はあなたのものです。それに、視線は私ではなくシュラウド様に向けられているのですよ。シュラウド様が素敵だからです」

「そうだとしたら、妬《や》いてくれるか？」

「はい、勿論《もちろん》。シュラウド様は、私の旦那様ですから」

私は少し拗ねたような声で、答える。

嫉妬は嬉しいとシュラウド様は言ってくださるから、感情を隠したりはしない。シュラウド様がどれほど美しくても、私以外の女性から好かれるのは、あまり嬉しくないなと思う。

シュラウド様は指を絡めるようにして、手を繋ぎなおした。

嬉しそうに細められた深紅の瞳が、私だけを見つめている。

周りの人々がどんな気持ちで、どんな視線を私たちに向けていたとしても、そんなことはどうでもいい気がした。

私にとって大切なのは、シュラウド様が嬉しそうに微笑んでいるということだけだ。

「シュラウド様……聞きそびれてしまったのですが、蓄光石というのは」

「あぁ、それは、日の光をためて夜になると光る石のことだ。この街の至る所にその石が使われていて、夜になると街全体が光る」

「街全体が……！」

光る街なんて、見たことがない。そんな街があることも知らなかった。世界は、私の知らないことで溢れている。

それを知ることが今は、すごく楽しい。

「暗い夜道で迷った時はこの街を目指すといいと、旅人たちはよく言っている」

「光る街が迷い人の目印になるのですね。まるで、闇の中にいた私を救ってくださった、シュラウド様のようです」

シュラウド様はいつでも、私には光り輝いて見える。

「それは俺にとっても同じだ、アミティ。君も……俺の、光だよ」

私も――シュラウド様の、光。

その言葉に胸がいっぱいになる。

私はうまく笑うことができるようになっただろうか。愛していると、あなたが大好きだと伝えることが、ちゃんとできているだろうか。

「はい……私も、そうで在りたいと思います」

私はにっこり微笑んだ。

私にできるのは、悲しい顔や暗い顔をしないで微笑むことだけ。だからシュラウド様にはできるだけ、笑顔を向けたい。

愛しているという気持ちを、全部込めて。

シュラウド様は眩しそうに目を細めて、それから困ったように「君と居ると、いつでも君を抱きしめたくなってしまうな」と言った。

「……アミティ。この街だけは夜も明るいせいか、いつも祭りをしているように賑《にぎ》やかでな。観光業が盛んで街の警備も徹底していて、比較的治安がいい」

「安全な街なのですね」

「何事にも例外はあるがな。だから、俺の手を離さないように、アミティ」

「はい……！　ずっと、繋いでいます」

シュラウド様が私の手を引いて、手の甲に軽く口付けたので、私は頷いた。

仕草も、素敵。どんな絵画や彫刻も、シュラウド様の前では霞《かす》んでしまうわね。

「アミティ、何か食べたいものは？　肉か、魚か……ヴィスパルの名物は、夜光羊の煮込み料理だな。蓄光石の表面を好んで舐める岩山に住む羊で、これも光る」

「羊も光るのですね」

「あぁ。角が光る。味は、普通の羊と同じだ」

「光るけれど、味は同じ……」

「夜光羊の角は、旅のお守りとしてこの街の土産物で一番人気がある。あとで買おうか、アミティ」

私は光る羊に思いを馳せた。全身が光るのかと一瞬思ったけれど、角だけが光るのか。

「装飾品の類いに今まであまり興味がなかったが、君に何か贈りたい。……だが、夜光羊の角というのはな、どうなのだろうな」

「私、欲しいです、シュラウド様……！　この街にシュラウド様とはじめて来た、記念に」

「可愛いことを言ってくれるな。俺は君にすでに心底惚れているが、また恋に落ちそうだ」

シュラウド様はそう言って、お店が並ぶ石畳の端で足を止める。

軽く私の頬を撫でて、それから腰を引き寄せると、整った顔がごく自然に近づいた。

触れ合う唇はすぐに離れたけれど、まさかこんな人通りのある場所で、そんなことをされるとは思わなくて、私は顔を真っ赤に染めながら俯いた。

「だ、だめ、です……あっ、あの、ここじゃ……」

「ヴィスパルは恋人たちの街でもある。日没が近づくと、雰囲気も相まって愛を語り合う者が増える。だから、多少のことは許されるんだ」

「多少ではないです……こういう時のシュラウド様、いつにも増してとても魅力的ですから、見られたら困ります……」

「それもそうか。確かに、君の羞恥に染まった頬や潤んだ瞳を、誰かに見られるのは困る。君が愛らしくてつい、触れたくなってしまったが、我慢しよう」

シュラウド様は楽しげに言うと、再び私の手を引いて歩き出した。それから、「食事には少し早いから、買い物をしようか」と、私を先に装飾品のお店に連れていってくださった。

大通りに面している高級そうなお店だ。きっちり髪を整えた綺麗な女性の店員さんが、私たちを出迎えてくれた。

店員さんは色々なお客様の対応に慣れているのか、私たちの姿を見ても表情を変えることはなかった。それどころか、シュラウド様の眼帯を「素敵な薔薇の飾りですね。とても華やかです」と言って褒めてくれる。

ハイルロジアの方々以外に眼帯を褒めてもらうのははじめてだったので、なんだかくすぐったい気持ちになった。

お土産に人気というだけあって、装飾品のお店には宝石や貴金属と並んで夜光羊の角のお守りが置かれている。

角そのままを使った壁掛けのようなものから、角を加工してペンダントにしたものまで、色々だ。

「どれがいいだろうか、アミティ。この髑髏《どくろ》などは、強そうでいいと俺は思うが……」

シュラウド様が指差したのは、大きな髑髏のペンダントである。黒い紐に、動物の頭蓋骨を模したペンダントトップがついている。かなりの迫力があって、確かに強そう。

「じゃあ、それで……！」

「お待ちください、お客様……！」

シュラウド様が選んでくださった角のある動物の頭蓋骨のペンダントを購入しようとすると、店員さんに止められた。

お店の外で、ドシンとか、ガタンとか、ゴトンとか、ともかく大きなものが転がるようななんだか痛そうな音がした。視線を向けると、店の入り口の前でアルフレードさんが転んでいた。大丈夫かしら。いつも落ち着きのあるアルフレードさんでも転ぶようなことがあるのね。

心配になって駆け寄ろうとした私の腕を、シュラウド様は「大丈夫だ」と言って、そっと摑んだ。

アルフレードさんは確かにさっさと起きあがると、そそくさとお店の前から姿を消した。

「女性の方に贈るのでしたら、そうですね、薔薇などいかがでしょうか……！　旦那様の眼帯と同じ薔薇です。おそろいで素敵だと思います」

店員の女性が薦めてくださるペンダントは、ペンダントトップに加工された夜光羊の角の薔薇がついている。

「シュラウド様とおそろい……」

「それもいいな。アミティ、薔薇にするか」

「はい、そうします。動物の頭蓋骨も素敵だと思ったのですが……シュラウド様が選んでくださったものなので……」

頭蓋骨を首から下げた私は、強そうに見えるのではないかと思ったのだけれど。少し残念だ。

「いや、よく考えたら、女性に髑髏を贈るのはな。アミティ、俺も薔薇がいいと思う」

「それなら、そうします……でも、シュラウド様が選んでくださるものなら、私、どんなものでも嬉しいです」

購入した薔薇のペンダントを、シュラウド様は私につけてくださる。

心底ほっとしたような表情の店員さんに見送られて、私たちはお店を出た。

「夜になると、その薔薇が光る。君の肌の上で光る薔薇を見るのが楽しみだな」

「はい……」

私は胸のペンダントに手を当てると、微笑んだ。

言葉に含まれている艶に気づいて、胸が高鳴るのを感じた。

観光に訪れている方々で賑わう街の一角にあるレストランで、夜光羊の煮込みを食べた。

香草が多く使われている透き通ったスープの中に、ごろっとしたお肉が入っていて、フォークだけでもすっと切れるぐらいには柔らかい。

羊のお肉は口に入れるとほろほろほどけて美味しかった。獣臭さはまるでなくて、シュラウド様の言うように、味はハイルロジアで食べた羊のお肉とよく似ている。

レストランの窓から見える運河に、夕陽が落ちていく。

夕陽が運河を燃えるような橙色《だいだいいろ》に照らす光景に見惚れていると、世界を紫色から黒に変えていく夕闇の中で、ちらちらと運河にかかる橋や、手すりや石畳などが輝き出した。

空に星が輝き始めるのと同じように、その輝きは橋や壁や手すりだけではなくて、街全体を覆い尽くしていく。

街の至る所が白く輝く光景は、まるで夜空の星の中に街が浮かんでいるようにさえ見える。

「綺麗……」

私は窓の外の景色を食い入るように見つめながら、感嘆のため息を漏らした。

「こんなに綺麗な景色を見たのは、はじめてかもしれません」

シュラウド様も果実酒の入ったグラスを傾けながら、私の視線を追いかけるようにして窓の外を見つめている。

「もちろんハイルロジアの景色もとても綺麗で、私は大好きです。……シュラウド様と見る景色はどれも特別です。でもこの街は、本当に綺麗……」

「喜んでくれて嬉しいよ、アミティ。女性をエスコートしたのは君がはじめてで、至らないところも多いだろうが、君を喜ばせることができて、よかった」

優しい微笑みを浮かべて、シュラウド様が言う。窓の外を眺めていた視線は、景色を見るのと同じような熱心さで私に注がれていて、ただ視線を向けられているだけなのに奇妙に気持ちが高揚した。

「シュラウド様……ありがとうございます。とても、楽しいです。首飾りをいただいて、美味しいものを一緒に食べて、綺麗な景色を見て……まるで、夢の中にいるみたいです」

「夢ではないよ、アミティ。だが君と二人で夢の中に溺れるのも悪くはない。……そろそろ行こうか。宿で君と、二人きりになりたい」

「はい……私も、同じ気持ちです」

シュラウド様の手が伸びて、白いテーブルクロスのかかっているテーブルの上で、私の手と重なった。

「不思議なものだな。馬車での移動中もずっと二人きりだというのに、どれほど君と時を過ごしても飽きるということはない。もっと……君に触れたい。君の声が聞きたい。笑顔が見たい。君が俺のものになってくれて満ち足りているはずなのに、足りないと思ってしまうな」

「は、はい……っ、私もシュラウド様といると、胸がいつも苦しくて……そうやってたくさん気持ちを伝えてくださるから……嬉しくて。でも、緊張します。シュラウド様が素敵過ぎて、過呼吸に、なりそうです……」

指先を絡めるようにして手を繋がれる。

たったそれだけのことなのに、心臓がうるさく高鳴り体温が上昇するのがわかる。

お酒を飲んでいたのはシュラウド様なのに、まるで私が酩酊《めいてい》してしまったみたいに、体がふわふわした。

以前の私は生きていることや、誰かに迷惑をかけてしまうことの罪悪感から、息ができなくなることがあったけれど。

今は――シュラウド様が素敵すぎて苦しい。

シュラウド様の少し照れたように目を細める表情が、直視できないぐらいに素敵。私はスカートをぎゅっと摑んだ。

――あなたが、好き。

浮かれている。初めての恋に、とても。

けれどそれが悪いことなんて、思わない。

ぎゅっと握られる大きな手が私の全てを許してくださるから。私は――私の心は自由でいられる。

もう誰に遠慮することも感情を抑えることもしたりしない。

お食事が終わって「そろそろ行こうか」と、シュラウド様は立ち上がると、私に手を差し伸べた。

宿までの道を、シュラウド様の腕に自分の手を絡めて、きゅっと体を寄せるようにして歩いていく。

ヴィスパルの夜はシュラウド様の言っていた通り、恋人たちの姿が多い。皆、自分の恋人に夢中で、寄り添って歩いている。私たちに向けられる視線は、もうなかった。

蓄光石の輝く街は確かに明るいけれど、太陽がすっかり沈んでしまうと、通りの隅に闇が溜まって路地の奥などは薄暗い。

シュラウド様と二人だから――怖くは、ないけれど。

「私、シュラウド様と知らない景色をたくさん見て、はじめてのお料理を食べて……幸せです。たくさんの幸せな記憶が、記憶の箱の中からこぼれ落ちないで、ずっとしまっておいて、覚えておけたらいいのに」

石畳を靴底が踏む硬い音が、静かな街に響く。

食堂や酒場が多くあった街の中心街は陽の落ちたこの時間でも賑やかだったけれど、宿に向かうにつれて、人通りが少なくなっていく。

煌めく静かな街を二人で歩いていると、まるで妖精の国に迷い込んでしまったみたいだ。

ここでは私はシュラウド様の妖精で、シュラウド様は私の、妖精の騎士様。

子供じみているかもしれないけれど、そんな空想をするのがとても楽しい。

「忘却というのは、人間に許されている生きるための免罪符のようなものだと俺は思う。俺たちは忘れることができるから生きていける。どれほど辛い記憶も苦しい記憶も、時が風化させてくれる。……だがそれと同時に、幸せな記憶も忘れてしまう」

「辛いことは忘れて、楽しいことだけ覚えていたいです」

「そうだな。君の記憶の箱を楽しい思い出で溢れさせよう、アミティ。それなら全部覚えていなくても大丈夫だろう。次から次へと新しい幸せな記憶が積み重なっていくのだから」

「新しい、幸せな記憶……」

「例えば今この瞬間はすでに過去になっているわけだが、過去の俺よりも今の俺の方が、ずっと君を愛している」

得意げに、自信に満ちた声音でシュラウド様が言うのが嬉しくて、私は微笑んだ。

「シュラウド様、私もです。愛は、有限ではないのですね。シュラウド様を想う気持ちは私の体から溢れて、この世界を輝かせているみたいです。シュラウド様と見る景色は全部特別で、全部の記憶が愛しく思えるのです」

「君は、俺を口説くのが上手くなったな」

「シュラウド様のそばにいるから、似てきたんでしょうか。言葉を交わせることが嬉しくて、ついたくさん、お話ししてしまいますね……」

「もっと君の声を聞きたい。アミティ……こちらに」

運河にかかる橋を渡ったところで、シュラウド様は私の腕を引くと、広い通りから少し入り組んだ場所にある狭い路地へと入った。

壁に押しつけられるようにして、抱きしめられる。

「シュラウド様……？」

「アミティ。少し、静かに」

片手をついて、もう片方の手で私の腰を引き寄せたシュラウド様が、私に覆いかぶさる。

シュラウド様の体に私の体はぴったりとくっついた。

呼吸の音が聞こえるぐらいに、距離が近い。

服の布ごしにシュラウド様の硬い体の感触が、私に重なる。

体を重ねたことは一度や二度ではないけれど、それでもすごく緊張するし、どきどきする。

それに、こんなところで――。

「いたか……！」

「見失った、どこに行ったんだ！」

シュラウド様に言われた通り口をつぐんでいると、私たちが歩いていた少し広い通りが騒がしくなる。

数人のばたばたとした足音が、静かな街に響いた。

苛立ったような男性の声が、「白蛇を捜せ！」「これは公爵様からのご命令だ！」と、はっきりと響く。

やがて足音は、私たちの潜んでいる路地から遠ざかっていった。

「……行ったな」

「シュラウド様、今のは……」

「宿に急ごう、アミティ。せっかくの君とのデート中に、血を見たくはないからな」

「は、はい……」

シュラウド様は私を抱き上げると、宿までの道を急いだ。

『公爵様』と、男性たちは言っていた。

それは多分、オルステットのエドアルドお父様のこと。

だとしたら、『白蛇』と言って捜していたのは——私？

何のために。

どうして……？

急に氷水を浴びせられたように、体が冷たくなる。

シュラウド様にぎゅっとしがみつくと、「大丈夫だ」と、優しく声をかけてくださる。

私は頷いた。

大丈夫。だって私には——シュラウド様がいてくださるのだから。

◆月下美人《ロクト・ライドウン》の君

る。

　オルステット公爵が仕向けた刺客は、二度、ハイルロジアから王都へと送り出した使者を襲撃してい
　どちらも失敗に終わり、刺客の数人は部下たちにより捕縛されて、今はハイルロジアの屋敷の一角にある騎士の駐屯所の中の牢《ろう》に入れられている。

　二度も失敗をしたのに懲りないことだ。

　そう思いながら俺はアミティを宿の部屋に送り届けたあと、アルフレードの待つヴィスパルの懲罰牢へと向かった。

　光の都ヴィスパルは他の街に比べて治安がいい。

　それは観光によって金を稼ぐために、罪人への取り締まりをかなり厳しく行っているからである。

　金がないところには犯罪者が溢れるが、金があるところにも同じように溢れるものだ。

　ヴィスパルまで遊びにくるようなそこそこに裕福な者たちから金を盗んだり、子供を攫って人質にして金をせびったりする者は多い。

　どこの街でも多かれ少なかれそういった連中はいるものだが、金は他人から奪うものだと勘違いしている連中にとっては、ヴィスパルは格好の狩場である。

　罪人が増えるたびに、ヴィスパルの領主は取り締まりを厳しくしていっている。今では、ヴィスパルで捕まることは、死と同義ではあるが、それでも罪人はいなくならないのだから、困ったものだ。

「シュラウド様、アミティ様は？」

「色々不安なことはあるだろうが、気丈に振る舞っている。大丈夫と言ってな。健気で、愛らしい」

「公爵の名を聞いたでしょうか」

「おそらくは聞こえていただろう。だが、何も言わない。……俺もまだ何も伝えていない。確証のない

ことは話したくはない。まさか実の父が、刺客を差し向けたなどと」

光の都ヴィスパルの中央から外れた場所に、かなりの予算をかけて運営されているのだろう警備兵たちの駐屯地があり、その一角に懲罰牢がある。

ヴィスパルというのは軽度の盗みでさえ、死罪になる可能性がある場所だ。

小さな部屋に鉄の檻。その中には若い者から年寄りまで、かなりの数の罪人が入っている。

いくつかの牢獄の中の一つに先ほど街でアミティを捜していた数人の刺客が、縄を打たれて転がされている。

アルフレードに剣で切られたのだろう、腕や肩から血を流している者もいる。放っておけば死にいたる傷だ。だが、生かしている。

殺してしまえば話をすることができないため、アルフレードはわざとそうしたのだろう。

牢の中から苦しげな呻《うめ》き声や、叫び声が聞こえる。騒がしい。

「せっかくの旅の邪魔をするとは、無粋なことだ」

「襲撃の予想はしていたのでしょう、シュラウド様。それにしても我らハイルロジアも舐められたものです。訓練された暗殺者のようですが、この程度の傷で泣き喚《わめ》くなど」

「気に入らない者なら誰でも殺す知性のない獣だと思っていた俺が、アミティを手元に置いた挙句に蜜月が公爵に伝わり、焦っているのだろうな」

「焦り、ですか」

「おそらくは」

オルステット公爵が何を考えているかなど想像することしかできないが、二度の襲撃に加えて此度《こたび》のことで、疑惑は確信に変わった。公爵は、焦っている。焦るが故に、行動が杜撰《ずさん》になっているのだろう。

アルフレードの言うように、ハイルロジアも舐められたものだ。この程度の刺客を差し向けて、俺からアミティを奪えると考えたのだろうか。俺やアミティを殺せるとでも思ったのか。

腹は立たないが、呆れはする。

「アミティ様を一人にして、大丈夫ですか？」

「部屋の外に、見張りをつけている。窓には施錠を。何かあっても絶対に扉を開けてはいけないと言ってきた。アミティは生真面目《きまじめ》だからな。俺の言うことは、きちんと聞いてくれる」

「アミティ様には、悲しい光景を見せたくないですね。シュラウド様の側であれほど優しく笑うことのできる女性は、アミティ様ぐらいのものでしょうから」

「俺もそう思う」

カンテラの炎に照らされて、牢の中の冷たい石の床に粘りけのある液体が広がっていく。

鉄錆《てっさび》の臭いが鼻につく。それだけではない。牢獄というのは、どの場所も汚い。

「――シュラウド・ハイルロジア。死神が、美しい私の都を、血で汚す」

暗闇の中からぬっと顔を出した男に、アルフレードは一歩下がり礼をした。

「久しいな、ロクト。元気そうだな」

「死神は、揉《も》め事ばかりを運んでくる。我が麗しの街に相応しくない血に塗れた死神よ。……そういえば妻を娶ったらしいな」

月の光を受けたような金の髪に紫紺の瞳の夜を纏ったような男が、僅かに首を傾《かし》げながら言った。

ロクト・ライドゥン侯爵は、ヴィスパルの街を治めている男だ。

ヴィスパルを観光都市として繁栄させたのはこの男である。

そして罪人に、どんな軽犯罪でも必要以上の重い刑罰を下すのもロクトだ。

ロクトはどこか浮世離れしたところのある男で、商人とは真逆の性格をしている。単純に美しいものが好きで、潔癖症なのだ。

美しいものが好きだから、街中に蓄光石を埋め込んだ。潔癖だから、犯罪者を憎んでいる。

ただそれだけのことだが、ただそれだけがこの街を発展させている。

「死神が、妻を娶るとはな」

夜を連想させる静かで平坦な声音で話しかけられて、俺は口角を吊《つ》り上げた。

「あぁ、可愛いぞ」

「死神からそのような言葉を聞くとは」

「死神とて恋ぐらいはする。恋をした結果、俺は死神ではなく妖精の騎士となった」

「妖精の騎士？」

「あぁ。妖精の騎士であり暁の騎士であり、黒薔薇の騎士であり、リボンの騎士でもある」

「ふ、ははははは……！」

ロクトの笑い声が、牢獄に響き渡った。

呻き声や悲鳴や泣き声や怨嗟《えんさ》の声をかき消すぐらいの、大きな笑い声である。うるさい。

「何がおかしい」

「いや。随分可愛い名がついたものだと思ってな」

「お前も嫁に、月下美人の君などと呼ばれているだろう」

「ふふ、似合うだろう」

嬉しそうにロクトは目を細める。ロクトは愛妻家だ。妻を大切にしている。妻だけを大切にしている
——と言っても過言ではないぐらいに。

「俺も自分の呼び名が気に入っているぞ、愛するアミティがつけてくれた名だからな」

「……アミティ・オルステット。オルステット家の幽霊姫」

「そんな呼び名が？」

「貴族たちはそう呼んでいる。名は知っているが姿を見たものは誰もいないせいでな。オルステット公爵は次女のシェイリスを常に社交の場に連れていき、度を超すほどの溺愛をしている。何せシェイリスは——特別、らしい」

「特別、か」

俺は腕を組んで、眉を寄せる。

ロクトは口元に手を当てて、冷めた瞳で牢の中で倒れている男たちを見据えた。

「話は聞いた。死神を襲おうなどという馬鹿者が、この世に存在しているとはな。しかし手酷く傷つけたものだ。牢が血で汚れる。街も血で汚れた。汚い」

「先に切り掛かってきたのはこいつらなのだろう、アルフレード」

「はい。ハイルロジア伯はどこだと、それはもうすごい剣幕で。あまりの恐ろしさに、がむしゃらに剣を振るったせいでこんなことに」

アルフレードは恐ろしさに青ざめ震えるふりをした。ロクトは剣呑《けんのん》な光を湛えた瞳でアルフレードを睨《にら》み、嘆息した。

「よく言う。お前の部下もお前と同じだ。血に飢えた獣め。私の街を、汚すな」

「正当防衛だろう、ロクト。それに、どのみちお前はこの者たちを死罪にするつもりだろう」

ロクトは不思議な男である。

友人というわけではないが、突然親しげに話しかけてきたり、怒ったりと忙しい。

それでも他の貴族のように俺を見て怯えない。つまり、変わり者だ。

「当然だ。麗しき我がヴィスパルで、剣を抜く馬鹿者たち。ここでは私が法だ。私は穢らわしいものを好まない。ところで、死神。その眼帯はいいな。実にいい。私も欲しい」

「駄目だ。これはアミティが俺のために作ってくれたものだからな」

「なるほど、それで黒薔薇の騎士か。私ならば黒薔薇の君、と。そうだ。お前たちは建国祝いのために王都に向かっているのだろう？　私も黒薔薇を身につけよう。お前ばかりが美しく目立つというのは、癪《しゃく》に障る」

罪人たちになど興味がないように、ロクトは話題を変えた。

相変わらず何を考えているのかよくわからないが、アミティの手製の眼帯はそれはそれは美しいので、褒められると気分がいい。だが、今は眼帯の話をしている場合ではない。

「好きにすればいいが……ロクト。この連中はオルステット公爵の手の者だ。公爵は俺とアミティを殺したいらしい」

「公爵も、建国の祝いに参加するのだろう。娘を連れて。一体どんな顔で現れるのやら。さて、死神。この連中に今から尋問をするのだろう。私も共にいよう。我が街を汚した者たちの苦しみ呻く声を聞くと、多少は溜飲《りゅういん》が下がる」

「あぁ。……アルフレード」

「御意に」

牢の中に、カンテラを持ってアルフレードが足を踏み入れる。

明かりに照らされた男たちの顔は、ひどいものだった。

恐怖に震える体と見開かれた瞳。連中にとって俺は、死神そのものに見えるのだろう。

服が汚れるのは嫌だなと思う。血の臭いをさせた体で、アミティに触れたくない。

「オルステット公爵は、なぜ俺を付け狙う？　俺ではなく、狙いはアミティなのだろうが」

「し、知らない……！　何も聞いていない、ただ、金を貰って、命じられただけで……！」

悲鳴に近い声で、血を流している男の一人が答えた。

「では質問を変える。公爵は、自分の娘を特別だと言っているらしいな。それに王子と結婚させるなどと言っているらしい。現王であるフレデリクの息子は、まだ四歳に満たない。一体娘を誰と結婚させるつもりだ？」

「そんなこと知るわけがないだろう！　俺たちは金で雇われているだけで……」

俺は男の大腿にある切り傷を、靴底で踏み躙《にじ》った。

「ぐ、ぁあああ……っ」

「嘘をつくと、よくないことが起こる。場合によってはそこの恐ろしい男が、お前たちに恩情をかけてくれるかもしれない。正直に知っていることは言うべきだ」

「知らな……っ、ぐ、が、ああ……」

思い切り足を踏みつけると、鈍い音が聞こえた。

靴底に、ごり、と、骨の感触が当たる。

痛みというのは、他者を支配するための最も原始的な方法の一つである。他者の尊厳を貶める行為の一つが、暴力。単純であるが故に効果がある。

人は死を恐れる。これは人の本能だ。その本能故に、痛みを忌避する。

俺にとってそれは馴染んだ感情であり、幼いアミティも同じ目にあっている。実の父親によって。

喉をかきむしりたくなるほどの怒りが湧き上がる。

俺の可憐な妖精を傷つけ貶めて――さらにその命を奪おうとするとは。

許されることではない。

「言え。知っていることを全てな。金で雇われているだけなら、裏切るのも容易《たやす》いだろう。お前たちはハイルロジアを敵に回してこの先無事でいられるとでも思っているのか？」

「――公爵の娘は、神獣の愛し子だ！　神獣コルトアトル様に愛されし乙女……っ、我らは、正しい！　神獣の愛し子は、この国を光に導く……公爵はその父、聖父……！」

痛めつけていた男ではない、別の男が叫んだ。

ふと気づいた違和感に、俺は眉を寄せる。

「……その訛《なま》り。お前は、スレイ族だな」

「違う、違う……」

「スレイ族であれば、俺が何故死神と呼ばれているかよく知っているだろう。……そうか、なるほど。公爵は神獣を神と崇めているスレイ族を、娘を使って懐柔したな。王子というのは、スレイ族の王子か。国を簒奪する気か」

「違う……！」

「教えてくれて感謝する。きっとロクトが恩情を与えてくれるだろう。楽に死ねる、という恩情をな」

アルフレードと俺は、牢を出た。

腕を組んで涼しげな顔で中の様子を見ていたロクトが「公爵の野心はまだ燃えているのか」と呆れたように呟いた。

◆誰かを待つ時間は余計に長く感じる

夜半過ぎ。私は眠ることができないまま宿の部屋のリビングのソファに座って、ソファに用意されていた大きめの膝掛けにくるまっていた。

ヴィスパルの街で、襲撃者に襲われそうになった。けれど、シュラウド様が気づいて私を守って隠れてくださって、その後私たちは何事もなく宿に着くことができた。襲撃者はアルフレードさんたちが相手をして、今はヴィスパルの牢に捕らえられている。

私たちの旅に同行してくださっているシュラウド様の部下の方の一人から報告を受けて、シュラウド様は襲撃者のことを調べるために牢に向かった。

私は一人、立派な宿の広い部屋で待っている。もちろん心配だったけれど、「よい子で待っていてくれ。部屋から出てはいけない。護衛は部屋の外にいる。安心して休んでいてほしい」と、諭すように甘い声で優しく言われると、頷くことしかできなかった。

まだシュラウド様は帰らない。シュラウド様のことだからきっと大丈夫だろうけれど、ざわざわとさざめく心が落ち着かない。

『アミティ、その夜食は食わないのか』

リビングの暖炉の前で、オルテアさんが寝そべっている。

テーブルの上には手付かずのハニーワッフルと紅茶が置かれている。どちらも部屋の外で私を守ってくれている、シュラウド様の部下の方が持ってきてくれたものだ。

せめて心安らかに私が休めるように、と。

「オルテアさんはシュラウド様の元へ行ってさしあげてほしいのですけれど……」

『お前は弱い。あの男は強い。我がいるべきは、ここだろう』

「……私を守ってくださるのですね」

『お前は守らなければいけない。そんな気がしている。あの馬鹿者がお前を大切にしているということもあるが、お前は我に甘いものをくれるからな。それだけではないような気もするが……』

「ハニーワッフル、食べますか？」

『お前がいらないのなら食う。仕方なくだ』

私は立ち上がると、オルテアさんの口元へとハニーワッフルを持っていった。

オルテアさんは小さなハニーワッフルを大きな口で食べて、満足そうに目を細める。

「美味しいですか、オルテアさん」

『まあまあだな』

「それは、よかったです。……あの、オルテアさん」

『なんだ』

私はオルテアさんのふわふわの首に、自分の体を埋めた。

オルテアさんの毛は長くてふわふわで、ほつれが一つもない。

ふわふわの白い毛に包まれて私の体が埋まって見えなくなってしまうほどだ。

あたたかくて、少し落ち着く。

「少し、こうしていていいですか」

『お前は我の体に埋もれるのが好きだな』

「はい。お日様のいい香りがします。聖峰には、オルテアさんのようなふわふわの方が、たくさんいるのですか？」

『我が一番ふわふわだぞ、アミティ』

「ふふ……オルテアさんが一番ふわふわです。きっと」

お話をしていると、少し気持ちが落ち着いてくる。

襲撃者の方々は、『公爵様』と言っていた。この国でそう呼ばれる人は、お父様一人きりだ。

お父様の命令で動いている襲撃者の方々が捜しているのは、多分、私。

明らかに、殺気立っていた。話ができるような様子ではなかった。だからこそシュラウド様は、私を庇い、隠れてくださったのだろう。私に恐ろしい光景を、見せないようにするために。

（どうして私を、捜していたのだろう。何のために？　連れ戻すために？　それとも、殺してしまうために……？）

考えても、わからない。一人でいると、どうしても考えてしまう。

どうしてお父様は私を嫌うのだろう、とか。

私を、消してしまいたいぐらいに憎いのか、とか。

けれどオルテアさんと話したお陰で、そんな悩みがとても、遠く感じられた。

シュラウド様のそばにいる時は大丈夫だと思えたのに、一人きりになるとまるで昔に戻ってしまったみたいに頭の中でうるさく鳴り響いていた耳鳴りも――おさまった。

「……私がそばにいると、シュラウド様にご迷惑がかかるって……以前の私なら、思っていました」

お父様が消したいのは私だ。

だから、私がいると無関係だったはずのシュラウド様にまで、危害が及んでしまう。

少し前の私ならそう思って、シュラウド様の元からまた、逃げ出そうとしていただろう。けれど私は

――シュラウド様のおかげで、少し変わることができたのだと思う。

「今は、シュラウド様との幸せを、奪われたくないと思います。私、戦わないと。シュラウド様が愛してくださった私は、……オルステットの人々から蔑まれる筋合いは、ないのですから」

『それはそうだ。お前は美味い菓子を作ることができる。お前のどこに非があるというのだ』

「心強いです……オルテアさん。もし何かシュラウド様に危険なことがあったら、シュラウド様を守ってくださいますか……？」

『あの馬鹿者は強い。我が守るべくもない。だが、そうさな……その時は、守ろう。お前との約束だ』

「はい……！」

私はオルテアさんの首にぎゅっと抱きついた。

しばらくそのままふかふかの首に抱きついていると、眠気がじわりと忍び寄ってくる。

緊張していた体から力が抜けて、暖炉の炎のあたたかさも相まって、私はオルテアさんの体に寄りかかりながら眠りについた。

そのうち誰かが私を抱き上げてくれたような気がしたけれど、その腕はとても安心するものだったので、目を開くことができなかった。


目を覚ました時には、太陽は中天に差し掛かっていた。

かなりの寝坊をしてしまったみたいだ。

私はあわててベッドから起きあがろうとして、シュラウド様に腕を引かれて抱き締められた。

「シュラウド様……ごめんなさい。私、眠ってしまったのですね……」

「謝る必要はない。オルテアにくっついて眠っている君を見た時は少々妬いたが……ずっと寝ずに待っていてくれたのだな、昨日の夜は」

「シュラウド様が、心配で。でも、先に寝てしまって……」

「気にしなくていい。オルテアが傍にいて、君が安心できたのならそれが一番だ。……アミティ、少し落ち着いたか？」

「私は大丈夫です、シュラウド様」

「よかった。本当はずっと傍にいたかったのだが、すまなかった」

「気になさらないでください。シュラウド様がご無事なら、それで十分です」

私の元に無事に戻ってきてくださった。お怪我もないようで、ほっとした。

「……昨日、この街の領主でもある知人の、ライドゥン侯爵……ロクトと話し合った。王都に君を連れていくのは危険ではないのか、と。オルステット公爵との問題が落ち着くまで、君はここに留《とど》まった方がいいのではないかと」

シュラウド様が私の頰を撫でながら、心配そうに言った。

シュラウド様は私と二人きりで眠る時は、眼帯を外してくださっている。

片方だけの赤い瞳が、私を見つめる。

私は手を伸ばして、シュラウド様の赤く爛れた皮膚にそっと触れた。これ以上、シュラウド様の傷が増えないようにという祈りを込めて。

「私、お邪魔でないのなら、シュラウド様の傍に……」

「もちろん俺もそうしたい。俺の傍がこの世界の中で一番安全な場所なのだから。……だが、アミティ。王都に行けば君は辛い思いをするかもしれない。辛い光景を見ることになるかもしれない」

シュラウド様は昨日、牢の襲撃者たちと話をしている。

何か――聞いたのだろう。

お父様についての、重大な何かを。

そしてそれはたぶん、私に関わることなのだろう。詳しいことは、わからない。でも――。

「私は大丈夫です、シュラウド様。私は、暁の騎士の妻なのですよ。怖いことなど、悲しいことなどありません。あなたを失うこと以外に」

「アミティ……」

「それに、もし……離れてしまって、シュラウド様に何かが起こったら。私は、一生……後悔します」

「それは俺も同じだ。ロクトは信用できる男だが、やはり何かあったらと思うとな……共にいよう、アミティ。俺が君を守る。何があってもだ」

返事をしようとした私の唇に、シュラウド様のそれが触れる。

それから「今日は部屋から出ないことに決めた」と言って、きつく私を抱きしめた。

◆ヴィヴィアナ様とのお茶会

ロクト侯爵と話し合いがあると言って、シュラウド様は出立の日を遅らせていた。

ロクト侯爵とシュラウド様がお話をしている間、私は侯爵のお屋敷で、奥様のヴィヴィアナ様におもてなしをしていただいていた。

ロクト侯爵のお屋敷はヴィスパルの高台にあって、街を見下ろすことができる。

光の都に負けず劣らずの、煌びやかなお屋敷だった。

金を基調にした調度品が並び、よく見ると燭台やランプなどにも宝石が埋め込まれている。埃《ほこり》ひとつないお屋敷に並ぶ使用人の方々も背筋がぴんと伸びていて、そのお仕着せも華やかなものだった。

「アミティ様、ヴィスパルの街はどうです？」

「とても素敵なところでした。夜になると、星空の中を歩いているようで……」

「そうでしょう、そうでしょう……！　ロクト様は、美しくていらっしゃいますけれど、ロクト様の街もとても美しいのですよ」

紅茶とジャムのたっぷり載ったビスケットやカップケーキや、果物のタルトが、テーブルには並んでいる。

ヴィヴィアナ様は小柄で可愛らしい方で、ミルクティー色の髪やチョコレート色の瞳が、どことなく小動物を思わせる。

白いドレスに身を包んで、髪には煌びやかな髪飾りをつけている。ロクト様を連想させる色合いで着飾っていらっしゃるのがとても愛らしい。

私も今日はヴィヴィアナ様に会うために、緋色《ひいろ》のドレスを着ている。シュラウド様の瞳の色だ。

「ロクト様に聞きました。アミティ様はハイルロジア様のことを黒薔薇の騎士様と呼んでいらっしゃるとか。確かにハイルロジア様のあの眼帯、素敵でした……あのような美しい飾りでお顔を飾れば、ロクト様の美しい魅力も倍増してしまうこと、間違いなしです」

ヴィヴィアナ様は両手を胸の前で組んで、うっとりと言った。

眼帯をはめたロクト様を想像しているのだろう。

「ロクト様は美しい方ですから、きっとなんでも似合いますね」

「そうなのです、そうなのです！　アミティ様、よくわかっていらっしゃいますね！　ロクト様はなんでも似合うのです、この街と同じぐらいに美しい方なのです。私の、月下美人の君なのですよ……！」

「素敵なお名前です」

「月明かりの下のロクト様はそれはそれは素敵なのです……！　私とロクト様は政略結婚なのですけれど、私、ロクト様を一目見た時から、なんて美しい方なのかしらと、恋に落ちたのです。人は見た目ではないとは言いますけれど、見た目も大切です」

テーブルセットのソファの正面にちょこんと座ったヴィヴィアナ様が、熱心に言った。

確かにロクト様は美しい方だ。シュラウド様とはまた違う美しさである。月下美人の君という名は、ロクト様にぴったりだと思う。

「私もシュラウド様の雄々しいお姿が、素敵だと思っています」

「それは素晴らしいことです。見た目が好みであれば、多少の性格の難などは気にならないものですから。ロクト様は私に優しいですし、私がどれほどロクト様のことが好きでも、たまには腹が立つこととか、全くもう……って、怒ることがありますもの」

「そうなのですね……私は、シュラウド様に腹を立てたことは、今の所ないような気がします……」

「アミティ様は新婚ですから。これからです、これから」

ヴィヴィアナ様は、うんうんと頷きながら言った。

それから私の顔を見つめて、にっこりと微笑む。

「アミティ様は一体どんな方なのかしらと思っていたのですよ。でも、お話がしやすい方でよかったです。オルステット公爵家の長女のアミティ様は、大変体が弱くて外に出られない……なんて、噂も聞いたことがありますから」

「色々事情がありますのでしょう？　アミティ様は今、ハイルロジア様のそばでとても幸せそうです。私が今、ロクト様のそばで幸せであるように」

「私は……」

何か事情があると察してくれたのか、ヴィヴィアナ様は私の言葉を遮ってくれた。

私の話は、暗いものばかりだ。話してよいものか迷ってしまったので、とてもありがたかった。

私が何か言う前に、ヴィヴィアナ様は明るい声で続ける。

「アミティ様、黒薔薇の飾り、とても素敵です。ロクト様も私も今度の建国の式典は、黒薔薇を身につけようかしらと思うのですよ。私たちはアミティ様やハイルロジア様の味方だという気持ちを込めて」

ヴィヴィアナ様の提案に、私は目を見開いた。

はじめて会ったのに、どうしてそんなふうに言ってくださるのか、よくわからない。

何を言ってよいのかわからない私に、ヴィヴィアナ様は不思議そうに首を傾げた。

「どうして驚くのですか？　お屋敷に招いてお茶を一緒に飲んだらもう、私たちはお友達です。ロクト様は人嫌いですから、こうして人をお屋敷に招くのは本当に珍しいのですよ。ハイルロジア様とお話をすると聞いた時は、それはもう驚きました」

「そうなのですね……人が、お嫌いなのですか……？」

ロクト様とはご挨拶した程度だ。

私を一瞥《いちべつ》して「シュラウドの嫁か」とだけ一言おっしゃった。ヴィヴィアナ様が「もっと！　きちんとご挨拶してください、ロクト様！」と怒っていた。

ロクト様は特に気にした様子もなく「ヴィヴィは可愛いな」と言っていた。

もしかして歓迎されていないのだろうかと恐縮する私に、シュラウド様が「あまり気にするな、ロクトは誰に対してもこのような話し方をする。不機嫌なわけではない」と教えてくれた。

人が嫌いというよりは、ヴィヴィアナ様以外の方にはあまり興味がないようにも見えた。ヴィヴィアナ様と話している時と、シュラウド様や私と話している時の表情や声音がまるで違うからだ。

「ロクト様は、人に対する好き嫌いが激しいのです。美しいものが好きだから、美しくないと感じると途端に嫌になってしまうのです。だから私もお友達をお屋敷に招くことなんてほとんどなくて……いえ、ロクト様に嫁ぐ前から、私にはお友達なんてほとんどいなかったのですけれど」

「ヴィヴィアナ様は、親しみやすくて、明るくて優しい方です。お友達がいないなんて……」

「私、貧乏な子爵家の長女だったのです。お金がないと社交界では誰にも相手にされないのですよ。それで、ロクト様が誰でもいいから嫁を欲しがっているという噂を両親が聞きつけて、結婚すればお金をくれるとまでおっしゃっているといって……私が嫁いだというわけです」

ヴィヴィアナ様は、会ったばかりの私にご自身の事情をあけすけにお話ししてくださった。

明るい口調だけれど、とても大変な思いをされたのだろう。お金を貰うために、ヴィヴィアナ様のご両親は、ロクト様にヴィヴィアナ様を嫁がせたのだから。

「政略結婚というか、それは……」

「お金目的の結婚です。私はロクト様のことが好きですから、よいのですけれど。……まぁでも、ロクト様は少し変わったところがありますし、私は私でお金目当てでロクト様に嫁いだ女として有名になってしまって……」

「愛があればよいのではないでしょうか。きっかけがなんだとしても……」

「私もそう思うのですけれど、人の目というのはなかなか難しくて」

困ったようにそう言って、ヴィヴィアナ様はじっと私を見つめる。

「アミティ様、お話を聞いてくださってありがとうございます。……私もアミティ様のことが知りたいです。もちろん、話したくないことは話さなくても大丈夫なのですけれど……」

こんなにご自分のことを話してくださったヴィヴィアナ様に、私だけ隠しているなんてできない。

もしかしたら、ヴィヴィアナ様は私が話しやすいように、先にご自分のことを話してくださったのかもしれない。

気遣いが、ありがたい。私も、できれば話してしまいたいと思っていた。

ただ、暗い話だから――気が引けてしまっていただけで。

私はヴィヴィアナ様に私に起こったことをお話しした。オルテアさんのことは言わなかったけれど、それ以外のことを。

ヴィヴィアナ様は時々怒ったり、時々悲しんだり時々涙ぐんだりして、私の話を聞いてくれた。

「アミティ様……私、アミティ様ともっと仲よくなりたいです」

私が話し終えると、ヴィヴィアナ様は私の手を握って、そう言ってくれた。

「ロクト様にお願いしますから、時々はハイルロジアに遊びにいかせてくださいね。アミティ様もヴィスパルに遊びにきてくださいな。約束です」

「ありがとうございます、ヴィヴィアナ様」

「これから先、夫婦として長い道のりを歩くのです。時々は夫の文句を言いたくなることもあるでしょう？　アミティ様、私の話を聞いてくださいね。私もアミティ様の話を聞きますから」

「はい、是非……！」

シュラウド様についての文句というものが、私には思いつかなかったけれど。

ヴィヴィアナ様の提案が嬉しくて、私は笑顔を浮かべて頷いた。

ややあって部屋を訪れたロクト様とシュラウド様は、私たちの様子を見て「随分仲よくなったのだな」と、顔を見合わせていた。

◆建国の式典

ヴィスパルに数日滞在して、ロクト様たちにご挨拶をすると、王都へと向かった。

ヴィヴィアナ様は私の手を取って「また建国の式典でお会いしましょう!」と言ってくれた。

ロクト様は「黒薔薇は私の方が似合う。式典で、見せてやろう」と言って「ロクト様、競うことではありませんよ!」と、ヴィヴィアナ様に叱られていた。

馬車での旅路はそれからは特に危険なこともなく、順調に王都へと到着した。

先に王都のハイルロジア邸に赴いて準備をしてくれていたジャニスさんや侍女の方々が、私たちを迎え入れてくれた。

ジャニスさんたちの旅路は特に問題はなかったらしい。

護衛もつけていたし、寄り道も最小限で目立たないように移動したのだと、シュラウド様が教えてくださった。

王都の邸宅で数日ゆったりと過ごして、当日は朝から準備をして馬車に乗って会場へと向かう。

建国の式典は、夕方から夜半過ぎまで行われる。

お城の前に停まった馬車から、シュラウド様は私の手をとって降ろしてくださる。

黒薔薇の眼帯に黒いマント。金の鎖がアクセントに使われている。体格がよくて背の高いシュラウド様に仕立て屋のコニーさんが作ってくれた衣服は、とてもよく似合っている。

長い髪を一つにまとめてすっきり縛ってある。そのため強い光を湛えた赤い瞳や意志の強そうな眉、余計なものを削《そ》ぎ落としたような頬がよりはっきり見ることができる。

「シュラウド様、今日も、とても素敵です。本当に素敵。私の黒薔薇の騎士様……」

「ありがとう。アミティも、とても美しい。君の白い肌に、赤のドレスはよく映える」

私は本日何度目かの、感嘆のため息をついた。

シュラウド様も私の姿を褒めてくださる。

私が着ているは体のラインに沿って布が広がっている赤いドレスで、胸からスカートにかけて黒薔薇の飾りがあしらわれている。

シュラウド様とお揃いにしてほしいとコニーさんにお願いをして、作っていただいたドレスだ。

首にはシュラウド様に買っていただいた、夜光羊のペンダント。頭には、金の鳥を模した髪飾りをつけている。

「……何事も、起こらなければいいが」

「シュラウド様？」

「いや、何でもない。何が起こっても俺の傍から離れるな、アミティ」

「はい。離れません」

建国の式典には、お父様も来るのだろう。

不安はあるけれど、きっと大丈夫。

私の傍にはシュラウド様がいる。恐れることは、何もない。

それに国王陛下がいらっしゃる前で、お父様が何か目立つようなことをするとは思えない。

私はシュラウド様の手に、自分の手を重ねた。

「俺は貴族連中から嫌われている。君に不愉快な思いをさせたら、すまないな」

「私はシュラウド様を愛しています。シュラウド様が優しいこと、男らしくて快活で、素敵な方だということを知っています。誰かの噂話も、視線も、今の私は気にならないのですよ」

「あぁ、ありがとう、アミティ。とても心強いよ。俺に向けられる視線は心地好いものばかりではないからな」

「シュラウド様も、私の傍を離れないでくださいね」

「頼りにしている」

私が蔑まれて、傷ついたように。シュラウド様だってひどいことを言われたら、怯えた視線を向けられたら、きっと傷つくはずだ。

貴族の方々はシュラウド様のことを、死神と言って恐れている。

私はそれが素敵な呼び名だと思うけれど、貴族の方々の言う死神は、いい意味ではないのだろう。

シュラウド様は強いけれど、傷つかない人なんて、いないと思うから。

「はい！　私、シュラウド様のことが大好きです。何があっても何を言われても、何が起こっても」

シュラウド様は私の手を引くと、手の甲に口付けてくれる。

それから、口元に笑みを浮かべた。

「アミティ、俺も君を愛している。……式典から帰るまでは、君を抱きしめられないのは辛いな。ドレスや髪が崩れると、君と共にいるようになってから何度侍女たちに叱られたか。流石に俺も学んだ」

「私は崩れても気にしません。ドレスよりもシュラウド様に抱きしめていただくことの方が、私にとっては大切です」

「それでは」

「でも、駄目です。今日は駄目です、シュラウド様。せっかく美しい黒薔薇の騎士様の姿をしているのに、シュラウド様の衣服が乱れるのは勿体ないですから」

「俺のことなど気にしなくていいのだがな」

シュラウド様は困ったように微笑んだ。

夕暮れ空の下に、いくつかの尖塔《せんとう》を連ねたお城が聳《そび》えている。

一番高い塔の上に、翼のある人の彫刻が飾られている。風に靡く旗には、翼のある獅子の紋章。

はじめて見る王城は、ハイルロジアのお城と同じぐらいに立派だった。

お城には、私たちの乗る馬車以外にも続々と馬車が到着していた。

シュラウド様と私は、アルフレードさんや他の従者の方々に見送られて、馬車停めのための広場から、石造りの階段をのぼってお城の中へと向かった。

石の階段には、絨毯が敷いてある。細いヒールの靴でのぼっても、足に負担がかからないようにと、それから、靴音を吸収するようにとの配慮からなのだろう。

馬車から降りたシュラウド様と、私の姿を見た貴族の方々の息を呑む音が聞こえる。

私たちにそそがれるのは、畏怖の視線。

蔑み。

嫌悪。

それから――哀れみ、だろうか。

華やかなドレスを着た方々や、立派な身なりの方々が、私たちを避けるようにして距離をとる。

私とシュラウド様は、堂々とお城の入り口へ続く階段をのぼった。

人の視線も噂話も、囁かれる――いい意味ではない言葉も、何も気にならない。

「ハイルロジア伯だ……」

「死神が、式典の場に姿を見せるなど」

「見たか、あの顔の傷」

「噂は本当だったのか、オルステットの幽霊姫だ。あんな姿だったのか」

こそこそと、噂をするのはシュラウド様のことを何も知らない人たち。面と向かって言わないのは、シュラウド様が怖いから。

たとえばロクト様などは「死神の嫁というからどんな女かと思ったが、なかなかどうして、美しい」と、はっきり口にしていた。

それを聞いていたヴィヴィアナ様が「ロクト様、女、ではありません。女性です。アミティ様です！」と叱っていた。ロクト様は正直で、正直だからこそ嫌われるのだと、ヴィヴィアナ様は困ったように言っていたけれど。

きっと、ロクト様は強いのだろう。シュラウド様を怖いとも思っていない。

傷があろうとなかろうと、ロクト様のシュラウド様への対応は変わらない。ここにいる多くの人たちとは、どこか違う。

シュラウド様がロクト様を信用できるとおっしゃっていた理由が、わかるような気がする。

階段の上の大きなアーチ状の入り口をくぐると、その先は大きな柱が並ぶ通路。さらに進むと警備の兵士が並んでいて、大きな門が開かれている。

門の先には、沢山の蠟燭に火がともっている大広間がある。

大きな窓には夕暮れの景色が映っている。

空は橙色と紫色が混じりあい、一番星が輝いている。大広間の左右には、白いクロスがかけられたテーブルが並んでいる。

扉から真っ直ぐ奥にある壇上にある玉座には国王陛下フレデリク・ラッセル様が座っている。

フレデリク様にご挨拶をする貴族が中央に列を作っていて、ご挨拶を終えたのだろう方々が、左右に用意されている数えることが嫌になるぐらい沢山並んだテーブルで、それぞれ飲み物を手にして談笑をしている。

私とシュラウド様が大広間に足を踏み入れると、フレデリク様はすぐに私たちの姿に気づいたようにして、立ち上がった。

「シュラウド！　久しいな、本当に来てくれたのか！」

金の髪に青い瞳の、精悍な顔立ちをしたフレデリク様は、どことなく私のお父様に面立ちが似ている。

それはフレデリク様が私のお父様のお兄様である、前国王陛下の息子だからだろう。

私とフレデリク様は従兄妹ではあるけれど、お会いするのはこれがはじめてだ。フレデリク様は立ちあがると、ご挨拶の最中の貴族の方に「もう十分だ、ありがとう」と礼を言って、私たちの元へと向かってくる。

護衛たちがフレデリク様の両脇を固め、貴族の方々は波を割るようにしてフレデリク様のために道を開いた。

「アミティ、君がアミティか！　会いたかった。はじめまして、アミティ」

「フレデリク様、はじめまして。アミティ・ハイルロジアと申します」

シュラウド様の横で気安く話しかけてくださるフレデリク様に戸惑いながら、私はスカートを摘まんで挨拶をした。

「そう畏《かしこ》まる必要はない。私は君の従兄なのだから」

「フレデリク陛下、壮健そうでなによりです。此度はあなたの計らいで、アミティを妻に娶ることができました。感謝しております」

笑顔を浮かべるフレデリク様に、シュラウド様が丁寧に礼をする。

その堂々とした立ち振る舞いに、美しさに、胸が高鳴る。

どんな場所でも、シュラウド様は輝いている。それに、妻に娶ったと国王陛下に紹介してくださったことが、嬉しい。

「シュラウドもだ。他人行儀だな。私は君のことを、盟友だと思っているのに」

「いつの間に、俺と陛下は親しくなったのでしょうね」

「手紙をやり取りする仲だ」

「必要に応じてですが」

「冷たいな、シュラウド。私はアミティの従兄なのだから、君の従兄と言っても過言ではないというのに」

「……よく言う」

深々と、シュラウド様がため息をつく。

陛下の振る舞いに驚いたのか、大広間の人々からざわめきがおこる。

シュラウド様と気安く話す陛下に対してか、それとも従兄と言われた私に対してのものか。

わからないけれど——国王陛下はどんな方なのだろうと少し緊張していた私は、フレデリク様の笑顔を見て僅かに肩の力を抜いた。

——ざわついていた大広間に、更にざわめきが起こった。

大広間の中央で話している私たちの元に近づいてくるのは、黒い薔薇をあしらった衣服に身を包んだロクト様。

そしてヴィヴィアナ様。黒いドレスには蓄光石の欠片《かけら》があしらわれているのだろう、歩くたびにスカートが星空のように輝いている。

ここにいる方々の中で、誰よりもロクト様は目立っている。美しいことももちろんだけれど、闇の中から抜け出してきた、精霊かなにかのように見えるお姿だ。

「そんなところで立ち話ですか、陛下。ところでシュラウド、見ろ。同じ黒薔薇でも、私の方が美しい」

「アミティの作ってくれた眼帯の黒薔薇の方が美しさは上だが、俺は自分のことを美しいとは思っていないのでな、美しさはお前に譲る」

ロクト様は滑るようにして私たちの前までやってくる。

その横をちょこちょことついて歩いているヴィヴィアナ様は、なんだかとても愛らしく見える。

「ロクト様、きちんとご挨拶をしてください。国王陛下、ご無沙汰しております。この度は、建国の式典に私たちをお招きくださりありがとうございます」

「ヴィヴィアナ、元気そうだね。なによりだ」

「はい、とっても元気です。ロクト様のおかげで、私はいつも元気ですよ」

「それはよかった」

「アミティ様、ごきげんよう！　今日もとても美しくいらっしゃいますね！　お会いできて嬉しいです」

「私もです、ヴィヴィアナ様」

ロクト様の横できちんとご挨拶をしたヴィヴィアナ様が、私の手を握った。

その明るい声になんだかほっとして、私は微笑んだ。

「ところで陛下。もうアミティ様のことは、皆に伝えたのですか？」

ロクト様の言葉に、私は首を傾げる。

「いや、これからだ」

「もう皆、揃っているでしょう。私はこういった場にはいつも一番最後に到着するようにしていますから」

「そうなんです。ロクト様は晩餐会にはいつも最後に到着しなければいけないと言って、その方が目立つからと……私、アミティ様と早くお会いしたかったのに」

ヴィヴィアナ様が頬を膨らませている。

私はシュラウド様を見上げた。

私のこと——私が、シュラウド様と結婚をしたということかしら。

シュラウド様はそっと、私の背中に手を添えた。

◆神獣の愛し子

シュラウド様に促されるままに、私はフレデリク様、そしてロクト様やヴィヴィアナ様と共に大広間の中央を真っ直ぐに進んで、玉座のある壇上へと向かった。

玉座の前に、フレデリク様とシュラウド様に挟まれて私は立った。

皆の視線が私たちに注がれている。

この場所からは大広間の全体を見渡すことができる。

お父様——エドアルド・オルステットの姿も、妹のシェイリスの姿も見当たらない。

「皆、聞け。大切な話がある」

フレデリク様のよく通る声が、大広間に響いた。

「ここにいるアミティ・ハイルロジアは——神獣コルトアトルの愛し子である」

神獣の、愛し子……？

フレデリク様は一体何をおっしゃっているのだろう。

疑問が頭の中に溢れたけれど、皆の前で高々とフレデリク様にそう宣言されてしまえば、何も言うことができない。

「皆も知っていろだろう。その者は、聖峰で神獣を守っている聖獣たちの声を聞き、荒ぶる聖獣たちを従えて、神獣コルトアトルの元へと我らを導く。王国に神獣の愛し子が現れるとき、我らに平和と安寧が齎されるだろう」

大広間にいる人々がざわめく。

うまく状況が飲み込めないまま、私は両手を握り締めた。

シュラウド様はロクト様と、何度か話し合いをしていた。

私はてっきり私のお父様のことについて話していると思っていたのだけれど、私のことだったのだろうか。

今日この日に、フレデリク様が皆に私を——神獣の愛し子だと告げることを、知っていたのだろうか。

「聖峰のあるハイルロジアの古い言い伝えにも、同じ伝承がある。その者は、幸運の妖精と呼ばれる。

神獣の元に我らを導く存在である。美しい白い肌に白い髪、金の瞳を持つアミティは、アウルムフェアリーそのものだ」

シュラウド様が、フレデリク様に続けて言う。

低い声が、朗々と大広間に響いた。

「アミティ・ハイルロジアは、聖獣の声を聞くという。皆に見せてあげなさい」

フレデリク様に言われて、シュラウド様は「オルテア」と呼んだ。

私たちの前に、まるで元からそこにいたかのように、オルテアさんが現れる。

猫と兎《うさぎ》を混ぜたような愛らしい顔立ちだけれど、どの動物にも似ていないし、とても、大きい。

突然現れたオルテアさんの姿に、貴族の女性たちから悲鳴があがった。

どよめきが、満ちる。

「これは聖峰より来たりし、聖獣オルテアである。人を見れば襲うと言われている聖獣だが、アミティと言葉を交わすことができる。アミティ、オルテアはなんと言っている?」

「オルテアさん……」

先ほどまでのシュラウド様とは、まるで別人みたいだ。

シュラウド様は有無を言わさぬ雰囲気で、私を見据えている。

けれど、私の背中に置かれた手は優しく、温かい。

これは――必要なことなのかもしれない。

私にはわからないことばかりだけれど、私はシュラウド様を信じている。何があってもあなたを愛していると、私はシュラウド様に告げたのだから。

『とんだ茶番だ。しかし我の言葉をそのまま伝えるのはやめろ。アミティ、お前からはどこか懐かしい気配がする。だが、まだ何かが足りないのだ』

私はオルテアさんのふわふわした毛並みに手を置いて、小さく頷いた。

『しかし我は、お前を気に入っている、アミティ。我の声を聞くことができるお前はきっと、特別なのだろう』

「……オルテアさんは、私を特別だと、言ってくれています」

「聞いたか、皆！　神獣コルトアトルの愛し子が我が国に現れたのだ！　喜べ、今日は奇跡の日だ！」

フレデリク様の声と共に、拍手が湧き上がる。

私はびくりと震えると、オルテアさんのふわふわした毛を、ぎゅっと摑んだ。

オルテアさんが気遣うような視線を私に向けている。

私は、ただオルテアさんとお話ができるだけだ。何かを成したわけでもないし、誰かの役に立ったわけでもない。

それなのに、歓声と拍手に包まれるのは何かが違うような気がする。

「――お前たちは騙《だま》されている！」

大きな声が、歓声と拍手を打ち消した。

ばたばたと大きな音と共に入り口から大勢の人たちが雪崩れ込んでくる。

剣のぶつかり合う音や怒声が、お城の入り口から響いている。

声を上げたのは、警備兵とは違う大勢の黒い軍服を着た兵士たちと共にゆっくりと大広間に入ってきた、エドアルドお父様だった。

お父様は美しいドレスを着たシェイリスを連れている。

シェイリスは得意気に、肩にかけていた輝くショールを取り払った。

ドレスからのぞくその右胸の上には、四枚の翼のある蛇に似た動物の刻印があった。

それはシュラウド様の背中にある紋様と、どこか似ている。

お父様が連れている兵士たちは王国の紋章ではなく、シェイリスの胸にあるものと同じ紋様を軍服に描いている。

肌の色は私たちと同じだけれど、髪は濃い茶色をしている。体格はとてもよくて、不思議な曲線を描くナイフにしては大きく剣にしては小さめの武器を、皆が手にしている。

大広間の貴族たちから悲鳴があがり、逃げ惑う人々は壁際へと、ぶつかり合うようにして向かった。

開け放たれた扉の外では、幾人かの兵士たちが倒れている。兵士たちの体から流れ落ちた血が、大広間の床にインクを零したようにして広がっていく。

よく見れば、エドアルドお父様の連れている兵の方々の持つ刃が、血に濡れていた。

「愚かな王よ、貴族どもよ、聞け！　私こそがこの国の正統な後継者だ！」

「正当な、後継者……？」

エドアルドお父様の言葉を聞いて、誰かが言った。

その言葉を皮切りにしたように、貴族たちの悲鳴とざわつきが大広間に飽和する。

「どういうことだ！」

「オルステット公爵、これは、一体……！」

「公爵は、フレデリク様から玉座を奪う気なのか！」

「――静まれ！」

お父様が、よく響く張りのある声で叫ぶ。

「そこの――アミティ、我が娘……最早《もはや》、我が娘とは思わん。アミティ・ハイルロジアは神獣の愛し子などではない！　本物の神獣の愛し子はここに！　シェイリスこそが、神獣に愛されし娘なのだ……！」

お父様はシェイリスの肩に両手を添えた。

シェイリスは胸を張って堂々と、皆の視線を一身に浴びている。

けれど——どことなくその視線は、不安げに忙《せわ》しなく動いているようにも見える。

「どういうことだ……」

「アミティ様は、聖獣の声を聞くことができるのだぞ……！」

「己の娘を、そのように貶めるなど……」

貴族の方々からは戸惑いの声と批判的な声、両方があがっている。

そのざわめきをかき消すように、お父様が声高らかに叫んだ。

「神獣の愛し子には、四枚の翼のある獣の刻印が現れる。これこそが、神獣の愛し子の証！　竜の刻印はシェイリスにある！　シェイリスにはそれがあり、アミティにはそれがない。シェイリスが愛し子である証拠だ！」

「——我らが、神。我らが王、コルトアトル様。神はシェイリス様を選ばれた」

お父様の隣にいる、短い髪を逆撫でた大柄な壮年の男が続ける。

「我らスレイ王国の民は、コルトアトル様に忠誠を誓う者。貴様らラッセルの民が我らの土地を奪い神を奪った。だが、エドアルド殿が我らに、神と土地を返してくれると約束をしてくれた」

男の言葉と共に、お父様の連れてきた兵士たちから、「おお！」「我らが神よ！」と声が上がる。

「俺はスレイ王国の王イシュタール！　エドアルド殿の意思に賛同し、我らの土地を取り戻しにきた。我らの剣はシェイリス様と共にある！」

男が――イシュタールが剣を掲げる。

「命が惜しくば、私に降《くだ》れ。フレデリクになど忠誠を誓う必要はない。その者は私の忠告を聞かず、アミティを神獣の愛し子だと騙る愚か者だ。ハイルロジアは王国を簒奪する気だ。かつて我が娘だった、詐欺師と共にな……！」

嘲るようにお父様が言う。勝ち誇ったような表情で。

私はきつく手を握りしめて、お父様を睨みつけた。

ぎり、と、奥歯を噛みしめる。

悔しさと悲しさと、怒りが、胸に溢れる。シュラウド様が、貶められた。ずっと国を守ってきてくださったのに。シュラウド様が、国を簒奪するなんてあるわけがないのに。

私は大きく息を吸い込んだ。

今までのように――オルステット公爵家で息を潜めて生きていた今までのように、黙ってなんていられない。

私は戦うと、決めたのだから。

感情に任せて、言葉を吐き出す。

「シュラウド様は、そんな方ではありません！」

「黙れ小娘！　この詐欺師が！　ハイルロジア辺境伯を唆し、愚かなフレデリクを謀り、この国を簒奪しようとしたのだろうが全て無駄だ。この国は私が手に入れる。愚かなフレデリク王の代わりに、正当な王位継承者である私が！」

「……矛盾しているぞ、公爵。俺がこの国を手に入れることと、公爵がこの国を手に入れること。どちらも簒奪には相違あるまい」

シュラウド様が、淡々とした声で言う。

そして私を庇うようにして、片手で下がらせた。

「私にはラッセル王家の血が流れている。正当な王位継承者だ。そして役立たずのフレデリクよりもよほど私の方が、王に相応しい。皆もそう思うだろう。命が要らぬ者は、歯向かうがいい。賢い者は、私に跪《ひざまず》け。今ならまだ間に合う！」

お父様は大きな声で、自分の正しさを口にする。けれどそれは、脅しだ。――従わなければ命を奪うという、脅し。

戸惑い、恐れ。怒り、阿《おもね》り。

様々な感情が、大広間には満ちている。

恭順か、死か。

そんな選択を迫る人が、立派な王になれるとはとても思えない。

それに、シェイリスのあの刻印。

私は――背中の古傷がずくりと痛むのを感じた。

シェイリスの刻印の周囲の皮膚は、微かにシェイリスの皮膚とは違う違和感がある。

あれは――。

あれは、お父様が私の背中から――はがしたもの。

「愚かな。大人しくしていれば、手出しなどしなかったものを」

吐き捨てるようにシュラウド様が言った。

「本当に。公爵は、馬鹿だ」

ロクト様は表情を変えずに静かに頷く。

「そう言ってくれるな。あれでも、私の叔父だ」

フレデリク様は、悲しそうに目を伏せた。

「皆、出ろ！　ハイルロジアの名において、この国を乱すものに裁きの鉄槌《てっつい》を！」

「ライドゥンの精鋭兵よ、祝いの場を乱す愚か者を殺せ」

「オルステット公爵はスレイ族と結んだ裏切り者だ。捕らえよ！」

シュラウド様の猛々しい声に、ロクト様の冷酷な声に、フレデリク様の高らかな声に――多くの兵が、壁際にある数々の扉から、大広間の中に雪崩込んでくる。

それを合図にしたように、お父様が連れてきたスレイ族の兵士たちが、貴族や兵士たちに一斉に襲いかかった。

◆ロクトとの話し合い

何も起こらないのであれば、それでいい。

しかし何かが起これば――それは、王国の危機となる。

ロクトと幾度か話し合いを行い、そう結論付けた。

オルステット公爵はスレイ族と通じている。そして娘のシェイリスを神獣の愛し子に仕立て上げている。

幼いアミティの刻印を背中からはがしたのは、そのためである、と。

「公爵にとって、アミティは娘ではなかった。アミティの話では、己とも奥方とも色の違うアミティが生まれた時、公爵は奥方の不義を疑って――奥方に対しておそらく、耐えがたいほどの暴力を振るったようだ」

ライドゥン侯爵家の一室。ロクトは優雅に足を組んでソファに座っている。俺は一人がけの椅子に座って、ロクトと話をしていた。

「醜悪なことだ」

「そんなことをする男が、アミティを自分の娘だとは思えないだろう」

「幼いうちに殺さなかったのは、それでも情があったからか」

不思議そうにロクトが言う。腹芸をしない上に言葉を選ばないロクトは話が早いが、やはり少し変わっている。

「戦争や内乱でもない限り、人殺しはただの人殺しでしかない。私刑は禁じられている。この国は、野蛮な無法地帯ではない」

「ここでは私が法だ」

「お前も、私情で人を殺したりはしないだろう、ロクト。犯罪者に対する罰則と、私情での人殺しは違う」

「それはそうだ。犯罪者は嫌いだが、他者が何をしていようが、殺したいほどの情動が生まれるほどの興味はない。あぁ、例えば、そうだな。ヴィヴィを傷つけるなどされたのなら、その相手を殺したいと感じるかもしれないが」

ロクトは肩を竦めると「ならば不要になった娘をお前に殺してもらおうとでも思って、お前の嫁にと送り出したのか、公爵は」と、続けた。

「だろうな。俺が噂通りの男だったら、取り違えて押し付けられたアミティを殺し、不敬であると怒り狂い、公爵の領地に攻め込んでいた」

「なんだそれは。まるで知性のない野獣だな」

「その通りだ。俺は知性のない野獣だと思われているらしい。だが、実際そうではなく、俺はアミティを愛し妻にした。……公爵はアミティの皮膚をはがしている。その意味に気づかれることを焦ったのだろう」

「だからフレデリク陛下へのお前からの手紙を奪おうとしたのだな。自分にとって不利なことが書いてあると思って」

そうなのだろう。

けれど、手紙は奪えなかった。そして、建国の式典に俺とアミティが参加するという情報をどこから得て、それならばその旅の途中で夜盗かなにかに襲われた――と見せかけて、俺たちを消してしまおうと考えたのだろう。

それが無理ならアミティを攫い、神獣の愛し子がアミティであるという証拠を消してしまおうと。

「スレイ族と組んで、この国を簒奪する。神獣の愛し子は我が娘である。それは王位を奪う大義名分にはなるのだろう。スレイ族との交渉にも使える。奴らは神に対して盲目だ」

「平和をもたらすはずの神が、争いの原因になるとは。妙な話だ」

ロクトの言う通り、奇妙なことだと思う。

アミティは刻印があるために、暴力を受けた。

神獣は愛し子を守らなかったのか――とも思う。

争いの火種になるのが神なのだとしたら、そんなものはいらないのではないか。

そもそも——神に救われたことなど、俺は一度もない。

俺がスレイ族に人質にされたのも、家族が死んだのも、領地の者たちの命が危険に晒されているのも、結局は聖峰にコルトアトルなるものがいるせいだ。

そんな怒りを抱えて——俺はかつて聖峰にのぼった。

結局聖獣たちに襲われて死にかけて、オルテアに運ばれてハイルロジアの屋敷に戻ったのだが。

「いつ攻めてくるのか、いつ反逆の狼煙《のろし》をあげるのか。そんなものを待っているほど俺は暇ではない。ロクト、協力を頼みたい」

「協力とは？」

「——罠《わな》を、はろうと思う」

ロクトは信用できる男である。

そしてアミティを救おうとしたフレデリクもまた、信用に足る存在である。

他の者たちは、わからない。

既にオルステット公爵の手が回っている者もいる可能性がある。

そしておそらく、公爵に時間を与えれば与えるほどに、公爵につく貴族の数は増えるだろう。

やりようは、いくらでもある。

人質をとる。

金をばらまく。

王位簒奪後の地位を約束する。

領地を与えると、約束する。

約束はただの約束だ。もしオルステット公爵にとって邪魔になったり、与えると約束する者が多すぎると感じれば、消してしまえばいいだけの話だ。

情と、欲。

懐柔と、暴力。

人を従わせるには、様々な方法がある。

建国の式典には、国中の貴族があつまる。ならばその場で、アミティを神獣の愛し子だと皆に知らしめればいい。

元々、俺やアミティを消そうとするぐらいに焦っていたオルステット公爵は、更に焦るだろう。

反逆の準備が整っていれば、兵を仕向けてくるはずだ。そうでなかったとしても、アミティが神獣の愛し子として認められてしまえば、シェイリスを愛し子とするのには無理が生じてくる。

反乱の時期を早めたかった。

式典の場に兵を仕向けてくる可能性を考えて、兵を隠して配置した。最初から警備を厳重にしてしまえば、警戒されて動かなくなってしまうかもしれない。

なにごとも、早い方がいい。

計画は、アミティには黙っていた。アミティは嘘をつくのが苦手だろう。悪いとは思ったが、早く、全てを終わらせるためだ。

さっさと終わらせて――アミティの苦痛を、不安を、取り除きたい。

それに。

公爵はアミティを傷つけた。そして俺の大嫌いなスレイ族を味方につけた。

そこにどんな感情があろうと、どんな事情があろうと――慈悲などかけてやらない。

◆因縁と、愛し子

見知った顔が――吠えるような笑い声をあげている。

「久しいな、シュラウド……！　裏切り者め！」

俺は腰の剣に手をかけた。

城の兵たちが貴族たちを避難させ、ロクトの兵とハイルロジアから呼び寄せた兵たちが、スレイ族の兵と剣を合わせる。

テーブルが倒れ、グラスが割れる。零れた赤ワインが血のように広がり、床を汚した。

「ロクト、陛下とアミティを頼む」

「私はヴィヴィしか守らない」

「ロクト様！　アミティ様は私の大切なお友達です！」

ヴィヴィアナ嬢に咎められて、ロクトは深く嘆息した。

「ならば、仕方あるまい」

ロクトはヴィヴィアナ嬢と共にアミティを後ろに隠した。

ロクトとフレデリクの前に、兵たちが壁を作るようにして並ぶ。

「シュラウド様……！」

不安そうなアミティに、俺は笑顔を浮かべてみせた。

「心配ない。俺は、強い」

俺は剣を抜きながら、戦場と化している大広間に檀上から飛び降りる。

オルステット公爵が娘を庇うようにしながら、イシュタールの後ろに隠れている。

スレイ族の王イシュタール・スレイ。

俺たちはスレイ族と呼んでいるが、奴ら自身はその狭い土地を、スレイ王国と呼んでいる。

イシュタールは、俺がスレイ族に人質にされている時も、王だった。

暴力に晒され——死を悟った時。俺は反抗よりも恭順を選んだ。

生きてさえいれば、復讐の時が必ずやってくる。

死にたいと思ったことは、一度もなかったように思う。殺してやるとは、ずっと思っていたが。

「シュラウド！　我が国への忠誠の証を体に刻みながら、我が国を裏切るとは！　我らは裏切り者を許さん！　命をもって償え！」

「裏切る？　貴様らに忠誠を誓ったことなど、一度もない」

「その背の紋様は、スレイ族の証だ！　我らへの隷属の証……！　貴様は父である俺を裏切ったのだ！」

「馬鹿だな」

スレイ族が好んで使っている湾曲した剣は、遠心力が刀身に乗り威力が増す。

剣を受けるにも、真っ直ぐな刀身同士よりも側面が当たらずに滑り、滑った力を利用して腕や指を切り落とす。

扱いが難しく、偶然生まれた力によって動きが変化するため、時には使用者の体を傷つけることもある。

特に狭い室内においては。一対多では威力を発揮するが、乱戦ともなると、味方も傷つけかねない。

俺はイシュタールの振りかぶった刃を避けずに、その力を利用するようにして受けた反動で弾き返した。

「弱い」

弾き返された反動で、剣を持つイシュタールの腕が大きく開く。

一瞬、脇が甘くなった。右足を軸にして体を回転させて、がら空きになったその顎を蹴り上げる。

イシュタールの体が仰け反ったが、それだけでは倒れずに、体を無理やり戻して俺の腕を掴み、剣を振り上げる。

弱い。

あぁ、弱い。

スレイ族の人質になった頃は、この男はもっと大きいのだと思っていた。

けれど——今はあまりにも、脆弱《ぜいじゃく》に過ぎる。

「死ね」

摑まれた手を摑み返し、思い切り引く。

バランスを崩し蹈鞴《たたら》を踏んだイシュタールの足を払って、床に沈める。

湾曲した剣が床に刺さり、俺は靴底でイシュタールの背を踏み、剣を掲げた。

背中を貫通し、心臓まで、剣が沈む。

肋骨《ろっこつ》を避ければ、人間の体は柔らかい。その感覚に慣れていない者は、手ごたえの無さに恐怖して、何度も刺してしまうほどに。

聞くに堪えない呻き声と共に、イシュタールの体から力が抜けていく。

剣を引き抜くと、血が噴き出す。

体にかからないようにマントで血を受けて、俺はイシュタールから離れた。

「貴様らの王は死んだ。まだ抵抗をするつもりか？」

剣についた血を、振って払う。

オルステット公爵に抱きしめられるようにしているシェイリスが、悲鳴をあげて泣いている。

哀れなことだ。

こうなることを考えなかったのだろうか。

反乱を起こせば血が流れる。――あの女は、考えなかったのだろうか。

神獣の愛し子の前に皆が皆、首《こうべ》を垂れるとでも考えていたのか。

イシュタールの沈黙と共にスレイ族の兵から、戦意が目に見えて喪失するのがわかる。抵抗する者は命を奪われ、剣を捨てた者は、捕縛されていく。

オルステット公爵は、憎悪に近い怒りを内包した瞳で、俺を睨みつけた。

「せっかく――アミティが褒めてくれた衣装が汚れた。公爵よ、お前はアミティの背の皮をはがしシェイリスにそれを与えたのか」

「シュラウド・ハイルロジア！　戦うしか能のない、人殺しの獣め！　貴様がアミティを捨てていれば……野犬にでも食わせていれば、こんな面倒なことにはならなかったものを！」

「貴様にもアミティと同じ痛みを与えてやろう。俺は――辺境の死神だ。慈悲があると思うな」

俺は剣をオルステット公爵に向ける。

戦う力を持たない、老齢の――ただの、爺に見える。

だが、オルステット公爵は口元に不敵な笑みを浮かべた。

「シェイリス！　我が娘、その力を皆に見せる時だ……！」

「お父様……」

シェイリスは震える声で父を呼び、哀れなほどに青ざめながら、両手に何かを抱きしめるようにして掲げた。

その手の中に、何かの卵のようなものが現れる。

光り輝く、両手で抱えなければ持てない程の卵。そうとしか見えない何かの輝きの眩しさに、俺は目を細めた。

「シュラウド様！」

アミティの、悲鳴のような声が聞こえる。

「シュラウド様……！」

スレイ族の兵と戦っていたアルフレードが俺の元に駆け寄ってくる。

何事かと目を見開く。一拍遅れて、脇腹に激痛が走った。

俺の脇腹に――何かが、食いついている。

それは狼に似た姿をした、けれど狼の二倍ほどの大きさのある、輝く獣――聖獣だった。

◆神獣の卵と光の獣

一瞬、何が起こったのかわからなかった。

時が止まったように思えた。

子牛程の大きさの輝く狼が、シュラウド様の体を食いちぎろうとしていた。

食いちぎらんとした瞬間、シュラウド様の剣が聖獣の首に向かって振り下ろされる。

切っ先がその体を切り裂く前に、聖獣は口を開いて後ろに飛んで剣を避ける。

聖獣が口を開いた一瞬で、シュラウド様も身を翻して聖獣の牙から逃れた。

脇腹にある噛み跡から、鮮血があふれて床にぼたぼたと零れて広がっていく。

「シュラウド様……っ」

私は水の中でもがくように、シュラウド様に手を伸ばす。

ふらふらと二、三歩よろめくように歩いて、それから走り出そうとした私を、ロクト様の腕が止めた。

「どこに行く気だ、女」

「シュラウド様のところに、シュラウド様が……！」

「お前に何ができる」

確かに——ロクト様の言う通りだ。

私は剣を持ったこともない。戦う力なんてない。

でも、安全な場所からシュラウド様を見ていることしかできないなんて……！

私はロクト様の腕を摑んだ。分かっている。私が傍に行ったところで、邪魔にしかならないことぐらい。

でも——それでも。

シュラウド様は脇腹をおさえたけれど、傷などないようにしっかりと立っている。

「シュラウド様、ご無事ですか！」

「問題ない、致命傷ではない」

アルフレードさんが、シュラウド様の傍に駆け寄って、その背を庇うようにして剣を構える。

シェイリスとお父様の周りを、いつの間にか光り輝く獣たちが取り囲んでいる。

二人を――シェイリスを、シェイリスの掲げている輝く卵を守るようにして。

兵士の方々が怯えたように、後退る。

「見たか！　シェイリスが神獣の愛し子である証だ！　聖獣たちは、神獣を守る愛し子であるシェイリスを守るのだ！」

勝ち誇ったように笑いながら、お父様が言った。

「――本当だ」

「オルステット公爵の言うことは、本当だったのか」

「ハイルロジアは詐欺師なのか」

「その背には、スレイ族に忠誠を誓った証があるのだろう、だとしたら……！」

「ハイルロジアこそ、裏切り者なのか！」

誰かの声に呼応するようにして、シュラウド様を糾弾するような声があがる。

「ハイルロジアとライドゥンが共謀して、この国を奪おうとしているのか」

「今まで中央の政治から遠くにいたくせに」

「若いフレデリク様を騙しているのか、それとも、フレデリク様も仲間なのか」

「我らを中央から排斥しようと……！」

「神獣の愛し子は聖獣を従えるという！　愛し子の父である公爵様の言葉は正しいのか！」

「あぁ、神獣様が、目覚める！　この国に、神が戻られるのだ！」

シュラウド様やロクト様、フレデリク様までも疑う声が、そここであがりはじめている。

お父様を責めていた貴族の方々まで、光り輝く獣を従えたシェイリスとお父様を、熱狂に満ちた瞳で見つめている。

「愚かな……」

「スレイ族の賊徒を城に引き込み、王位を簒奪しようとしているオルステット公爵に義があると言うのか！」

ロクト様が吐き捨てるように呟く。そして、フレデリク様の声が高らかに響いた。

貴族たちから「ですが」「しかし、王よ……！」という、懐疑的な声があがる。

ヴィヴィアナ様が私の手をぎゅっと握ってくださる。

私は、いつからか呼吸をするのを忘れていたみたいだ。息苦しさを感じて、喘《あえ》ぐように息を吸い込んだ。

「オルステット公爵の息がかかった者たちが、貴族の感情を扇動している。この程度のことで黒を白と思うなど、己のない証拠だ。皆、死ぬがよい」

「しかし、ロクト。……どうする。聖獣が公爵を守っているのだぞ」

「あれはやる気だ。あれもまた、己の愛する者を守る、聖なる獣。――暁の騎士だったか、アミティ」

戸惑うように言うフレデリク様を一瞥してから、呆れたように、ロクト様がシュラウド様を真っ直ぐに見据えてそう口にした。

私は頷いた。

シュラウド様は私の暁の騎士様。いつだって私を、明るく照らしてくれる。夜が明けて、朝陽が昇るように。

飛びかかってくる聖獣たちに、シュラウド様は躊躇《ためら》いなく立ち向かっていく。

両手で剣を持ち、一撃をはじき返す。胴を薙《な》ぐと、光り輝く獣は粒子を残して消えていく。

それをきっかけにしたように、獣たちがシュラウド様に一斉に飛びかかった。

床を転がるようにして襲撃を避けて、追いすがってきた一匹の首にシュラウド様の剣が叩きつけられる。

冷酷な光を宿した美しい赤い片目が、獣たちを見据えている。

——そして、獣たちの先に居る、お父様を。

「諦めろ、シュラウド・ハイルロジア！　貴様は負けた。この国は私のものだ！」

「弱い犬ほどよく吠える」

「貴様の味方はもう誰もいない。見よ、皆！　ハイルロジアはこの国を守るため存在する聖なる獣に刃を振るう、血に飢えた悪魔だ！　死神を信じる愚か者がいるとしたら、それは神の敵だ！」

「人間だろうが獣だろうが神だろうが関係ない。敵は屠る。それだけだ」

シュラウド様は床を蹴って走り出した。

光の獣たちは消しても消しても、あとから湧いてくるように見える。お父様まで一直線に駆けようとするけれど、光の獣に邪魔をされてしまう。

獣の太い足の一振りが、シュラウド様の体に叩きつけられる。

アルフレードさんの肩に、獣の牙が食い込む。

ハイルロジアの兵士たちが、それでも戦意を失わない者たちが、光の獣によってばらばらと倒れていく。

「聖獣に人が勝てるわけがないだろう！　諦めろ、王は私だ！」

お父様の笑い声が耳にうるさい。

王位というのは、国というのは、それほど大切なものなのだろうか。誰かを傷つけても手に入れたいと思うほどに。

指先が、びりびりと痺れた。手足が冷たい。

――シュラウド様のいない世界なんて、私はいらない。

くらりと、景色が霞んだ。

私の瞳に、恐ろしい光景が映る。

大広間に湖のように広がる血だまりの中にシュラウド様やアルフレードさん、兵士の方々が倒れている。

その中でお父様が、高笑いをしている。

そんな――幻が、網膜の裏側に広がった。

今のは、なんだろう。わからない。シュラウド様は強い。私はシュラウド様を信じている。でも、このまま光の獣が無尽蔵に湧き続ければ、どんなに強くてもいつかは限界を迎えてしまう。

喉の奥に氷塊を押し込められたように、全身が震える。息が詰まる。苦しい。嫌。痛い。悲しい。私はシュラウド様を、失いたくない……！

様々な感情が体中を巡り、涙が一筋頬を流れた。

しっかりして。しっかりしなさい、私。

強くなると、決めたのでしょう、アミティ・ハイルロジア。

私にもできることがきっとある。ここで泣きながら、シュラウド様が傷つくのを見ているなんて嫌だ。

私は――幸運のアウルムフェアリー。神獣の愛し子。

皮膚が剝がされたとしても、私が失われたわけじゃない。

――違う。私の存在がなんだろうと、そんなことは関係ない。

私はシュラウド様を助けるためなら、なんだってする……！

「オルテアさん、力を貸して！　シュラウド様を助けたい！」

私の呼びかけに――いつの間にか姿を消していたオルテアさんが、私の前に現れた。

『アミティ。背に乗れ。あの娘が抱えているもののせいで、お前から離れると我も意識を消し飛ばされそうになる。意志のない、聖獣たちと同じように』

「意志が、ない？」

『偽りの紋章に、操られている。何かが違う。何かが足りない。あれは――お前の持つべきものだったのだな、アミティ』

あれとは――シェイリスの胸元にある刻印のことだろう。あれは、竜。翼のある蛇に似た、獣。

私はオルテアさんに頷いた。

「……あれは私の、体の一部。取り戻したいとは思いません。けれど、戦いに利用されるのは、いけない」

『同感だ。我は強いが、意志のない兵器のように扱われるのは、不愉快だ。我とて、好き嫌いはある』

オルテアさんは姿勢を低くしてくれたので、私はその背中に飛び乗った。

ドレスが裂けたし足がむき出しになったけれど、そんなことはどうでもいい。

今はシュラウド様を、アルフレードさんを、私の大切な人たちを助けたい――！

私の名を呼ぶヴィヴィアナ様や、眉を寄せるロクト様から視線を背けると、私はオルテアさんと共に床に膝をついているシュラウド様の元へと空を駆けて向かった。

オルテアさんと私に気づいたのだろう、聖獣たちが、私たちに向かって牙をむき出しにしながら襲いかかってくる。

はじめてシュラウド様とお会いした日、私は森の中で狼に追いかけられたことを思い出した。

転がるように逃げる私に、狼たちが追いすがってきて。

あの時の私はたぶんずっと、死にたいと思っていた。誰かに迷惑をかけるぐらいなら、死んでしまいたい。この世界には、私なんていらないから、と。

でも——死を悟った時、私は死にたくないと願った。

シュラウド様は私を、死の淵《ふち》から救ってくださった。それからずっと私を明るく、照らしてくださっている。

私は守られてばかりだった。

シュラウド様が命を賭して私を守るというのなら、私も、この命などはいらない。

生きたい。

生きたい、けれど。

私の生きる世界には、シュラウド様が、ハイルロジアの皆が、いてほしい。

「オルテアさん、アミティ。気をつけて……！」

『案ずるな、意志のない獣に負ける我ではない！』

襲い掛かってくる獣を、オルテアさんの鋭い爪が、鋭い牙が切り裂き砕く。

私は振り落とされないように、オルテアさんにしっかりと摑まった。

シュラウド様が驚いたように目を見開いて、私たちの姿を見上げている。

私の、大切な騎士様。

血に濡れて服を裂かれて、胸や紋様のある背中が裂かれた服の隙間から覗いている。

それでもその瞳には、強い意志の光が宿っている。向かってくる獣に、剣を振るうのをやめたりしない。

誰にも屈しない、負けない、強い人だ。

――私もシュラウド様のように、強く在りたい。

剣を構えているシュラウド様の横に、アルフレードさんが倒れている。意識はないみたいだけれど、胸が上下に動いている。

私とオルテアさんは、二人の前に降り立った。

「アミティ……何故、来た。オルテア、アミティを連れて、逃げろ！」

シュラウド様の、噛まれた脇腹からの出血が、酷い。

それ以外にも体中に傷がある。まだ意識があるのが不思議なぐらいだ。

でも――生きている。大丈夫。シュラウド様は、生きている。

「嫌です！　シュラウド様はおっしゃいました。私は、神獣の愛し子だと。私にその力があるのなら、お父様の暴虐をおさめることができるのは、私しかいません」

「君を危険な目にあわせるぐらいなら俺は……！」

「あなたと一緒に、私は生きる。シュラウド様、ここで待っていてください。オルテアさん、シェイリスの卵を奪います」

『あぁ。あの馬鹿者が死ぬところなど見たくない。行くぞ、アミティ』

オルテアさんが、シェイリスに向かって駆ける。

急がないと。

シェイリスが卵を抱えている限り――光の獣は生まれ続ける。どれほど倒しても、無限に生まれてくるものには敵《かな》わない。

私の意志を理解してくれているのか、オルテアさんは空中を風を切りながら疾走した。

向かってくる聖獣をかい潜って、一瞬でシェイリスの前へと躍り出る。

「お姉様……」

シェイリスの瞳に、大粒の涙が浮かんでいる。

その体は、小刻みに震えている。

怖いのだろう。

人の血が、これほどまでに、流れている。

シェイリスは公爵令嬢として、大切に育てられた。

人の死も、血も、些細《ささい》な怪我ですら——見たことなど、今までなかったはずだ。

「お姉様……たすけ、て……」

「シェイリス！　愚かなことを言うな！」

お父様が、シェイリスの頬を思い切り張った。

大きな手のひらが、シェイリスの頬に打ち付けられる。

「ひ……っ、嫌ぁ……っ」

その衝撃でシェイリスは、卵を抱えたまま、床にぺたんと座り込んだ。シェイリスの瞳が恐怖に見開かれる。

「助けて、お姉様、助けて……っ」

「シェイリス！」

シェイリスが、私に助けを求めている。私に手を伸ばそうとしてくれている。

私はシェイリスの——妹の名を呼んだ。

「お父様が私に、私の体に、私を眠らせて、刻印を縫い付けた……聖峰にのぼり、神獣の卵を、手に入れて……っ、怖い、怖いの、お姉様、怖い……」

ぼろぼろと、シェイリスの瞳から涙が零れ落ちる。

「王子様なんて、いなかった……スレイ族の男と、私は、結婚を……嫌、嫌なの……お姉様、ごめんなさい、酷いことをして、酷いことを言って、ごめんなさい、助けて、助けて……」

うわごとのように、シェイリスは助けてと繰り返した。

今まで感じたことのない感情が、胸の底から湧き上がってくる。

それはたぶん、激しい憤りだ。

なんて、なんて酷いことを。

私だけだと、思っていた。大切にしていた、愛していたはずのシェイリスまで、お父様はまるで道具のように扱ったのだ。

私はオルテアさんから降りて、シェイリスの前に膝をつく。

「シェイリス、怖かったわね」

「お姉様……っ、ごめんなさい、ごめんなさい、お姉様、怖い、お父様が怖い……っ」

「大丈夫、私があなたを守る」

悲しみと、憤りに、頭が痛むようだった。

私があの家からいなくなった後、シェイリスはお父様に酷いことをされた。

全ては、お父様が王になるため。

……そんなことのために。

シェイリスは泣きながら私に、輝く卵を差し出した。

「父に逆らうというのか、シェイリス！　アミティに毒されたか……！」

私に向かいお父様が剣を振り上げる。

オルテアさんが私を庇う。

「消えろ、公爵。子供はお前の道具ではない！」

――あの時のように。狼から私を守ってくれた時のように、空から落ちるようにして私の前に現れたシュラウド様が、お父様の喉に剣を突きつけた。

私の手が、輝く卵に触れる。血液が沸騰したかのように、体が熱を持った。

何かが体中を駆け巡っているみたいだ。

熱い。

――そして。

愛しい。

卵から、その感情が、ただ一つの感情が伝わってくる。

待っていた。ずっと、待っていた。腕に抱かれる日を。卵から、孵《かえ》る日を。

「――っ」

光る卵の殻が、ぱきぱきと割れていく。

背中が焼けるように熱い。

私の背中に四枚の翼を持った竜の刻印が大きく描かれていく。見えているわけではないのに、そう感じることができる。

「あぁ、くそ……！　私の国が、王になるという、私の夢が……！」

「くだらない夢のために、多くの者を犠牲にしたのだな、公爵よ。届かない夢を思い――もがき苦しみ

ながら、逝け」

シュラウド様の剣が、お父様の首から腹部までを、真っ直ぐに切り裂いた。

私は割れていく卵を腕に抱いて、その光景を目をそらさずに見ていた。

欲望は、野望は、夢は。

家族よりも、愛よりも、平穏よりも――大切なものだったのだろうか。

光の獣たちが、粒子を残して消えていく。

オルテアさんが私に向かい、首を垂れた。

『――主よ。待っていた』

卵から強い光があふれて大広間を輝かせ、光の奔流は傷ついた人々の肌を優しく撫でていく。

光が収まると、私の腕の中には――四枚の翼のある小さな白い蛇に似た獣が、体を丸めて眠っていた。

◆終章：シュラウド・ハイルロジアは幸運の妖精に愛を乞う

大仰な包帯が、脇腹から肩、それから腕や、腹や足に巻かれている。

俺はまだいい方だ。

アルフレードなどは腕が折れたり足が折れたりしていたらしく、包帯だらけの体をさらに添え木で固定されて、骨がつくまで動くなと医者から言われて青ざめていた。

そんなアルフレードを世話焼きのジャニスが嬉々《きき》として世話をしている。

アミティは二人の間にロマンスがうまれるのではないかと、胸をときめかせていたようだが、「ジャニスには夫がいて、大きな子供も四人いるぞ」と伝えたら、がっかりしていた。

アミティはジャニスを幾つだと思っていたのだろう。ふくふくと丸いためか、ジャニスは年齢が不詳ではあるのだが。

建国の式典での騒動は、一先ずの決着を迎えた。

高みの見物をしていたロクトなどは、怪我一つなく服を汚すこともなく、涼しげな顔で「終わったのなら、帰ろうか、ヴィヴィ」と言って、ヴィヴィアナ嬢に「少しは皆様の心配をしてください！」と叱られていた。

オルステット公爵は死に、スレイ族の王も死んだ。

公爵の兵や、スレイ族の兵の残党は捕らえられ、牢に入れられた。

アミティの背中に大きく神獣の愛し子の紋章が現れ、その両手の中に神獣コルトアトルが現れた時点で、皆、戦う気力を失っていた。そのため、後処理はすぐに終わった。

シェイリスはフレデリクの元でしばらく療養をするようだ。心の傷が大きく、話をすることができなくなっているらしい。

ただアミティの顔を見ると、安心したように微笑んでいたので――そのうち、心の傷も癒えるだろう。

怪我人たちは城で治療を受けて、フレデリクにそのまま城にいろと言われたのだが、どうにも落ち着かないので王都のハイルロジア邸に戻ってきたというわけである。

城にいると、アミティに会いたいという者が後をたたない。

追い返すためにベッドから起き上がるとアミティに怒られる。

それなら誰にも邪魔をされずにゆっくり休むことができる、自分の屋敷に戻った方がいいのではという話になった。

動けないアルフレードが「置いていかないでくださいよ」と、珍しく泣き言を言うので、無事だったハイルロジアの兵士たちに頼んで、担ぎ上げて運ばせた。

いつも冷静なアルフレードが、兵士たちに担がれて街を移動する様は、なかなか面白かった。

面白がっていると、アミティに叱られた。

なんとなくだが。ヴィヴィアナ嬢にロクトがよく叱られている気持ちが理解できる気がする。

なかなかどうして——悪くない。

「シュラウド様、お加減はどうですか？　今日は卵のいっぱいはいったお粥《かゆ》をつくりました。それから、蒸し鶏《どり》もありますよ。お医者様が、傷を治すには、卵や鶏がいいっておっしゃるので……」

ハイルロジア邸の自室で横になっていると、アミティが食事を載せたカートを押して、中に入ってくる。

アミティの横には、オルテアが当然のように侍っている。

それからアミティの肩には当たり前のように神獣コルトアトルの——恐らくは、幼体だと思われる蛇に似た生き物。白い竜が、へばりついている。

「痛みはもうない。傷も、まぁ、塞がった。骨が折れたわけでもない。もう動いてもいいだろう？」

「駄目です。酷い怪我だったのですよ？　動くと傷が開いてしまうって、お医者様がおっしゃっていました。二週間は、安静です」

「もう一週間たった」

「それではあと一週間ですね、シュラウド様」

アミティはカートをベッドの横に置くと、俺の寝ているベッドサイドに座った。

オルテアが部屋の中央に敷かれた絨毯の上に寝そべり、コルトアトルがアミティの膝の上に当然みたいな顔をして乗っている。

動物が多い。

オルテアは普段姿を消していたくせに、このところずっと姿を現している。

アミティの守護聖獣のような顔をして、その傍を離れない。

腹立たしい。

「アミティ、限界だ。退屈で死ぬかもしれない。このぐらいの怪我など、あってないようなものだ」

「そうやって、ご自分を大切になさらないから、シュラウド様の体にはたくさんの傷跡が残っているのです。駄目ですよ、シュラウド様。きちんと傷が治るまで、休まなくてはいけません」

「……君を抱けないのが辛い」

「それは、……私だって、シュラウド様に甘えたい、ですけれど」

「抱きたい、アミティ」

「駄目です」

聞き分けのない子供に言うように、アミティは俺を咎めて、俺の頬に優しく触れる。

小さい手と、細い指。

あたたかい手のひらに、頬を擦り付ける。抱きたい。

「……駄目か、アミティ」

「可愛くおっしゃっても、駄目です」

「……俺は君を抱けないのに、オルテアと竜が君の傍を離れないのはずるいのではないか。その竜は、俺が元気になったら聖峰に返しにいこう。邪魔だ」

「シュラウド様、こんなに小さいのですよ。それに、コルトは、何も考えていないようです。赤ちゃんと一緒ですね。だから、育ててあげないと」

「俺たちの子供を育てる前に、その竜を育てるのか、アミティ。嫉妬でどうにかなりそうなのだが」

神獣コルトアトルは、聖峰で愛し子の来訪を待っている。

伝承にあるとおりなのだろう。

それは卵の姿だ。

愛し子によって卵から孵り、この世界に現れて――平和と安寧を齎す――か、どうかは。

今はまだ、よくわからない。

オルテアや聖獣たちの役割は聖峰を守ることなので、やはりよく知らないのだという。

ただコルトアトルは今、アミティの膝の上で穏やかな表情で眠っている。

「シュラウド様……愛には限りがないのですよ」

「だが、君は俺のものだ」

「はい。私はあなたのものです。愛には限りがないですが、あなたを一番、愛しています」

俺の顔を撫でて、髪を撫でて。

アミティは美しく微笑んで、俺の額に口づけた。

やはり、我慢は性にあわない。

俺はアミティの手を引くと、その体をベッドに沈めて、覆いかぶさるようにして抱きしめた。

あとがき

はじめまして、束原《つかはら》ミヤコともうします。

この度は、『死神辺境伯は幸運の妖精に愛を乞う～間違えて嫁いだら蕩けるほど溺愛されました～』をお手にとっていただき、ありがとうございます。

心に深い傷のあるアミティが、同じく傷はあるけれど、誰にも屈しない強い男性であるシュラウドに愛されて、自尊心と誰かを守りたいと思う強さを取り戻していくことを、表現できていたらいいなと思います。

アミティの傷を理解して、アミティの心をときほぐすために、シュラウドは大げさなぐらいに言葉や態度で愛情を伝えます。けれど、かつて自分が欲しかった愛情をアミティに捧げることで、またアミティから深い信頼と愛を向けられることで、シュラウド自身も癒されていきます。

過去に受けた仕打ちも苦しみも、シュラウドの性格に影を落としてはいませんが、アミティと出会わなければ寂しい人生を送っていた人でした。

傷を持つ二人が愛情を育み困難に立ち向かう物語を、楽しんで頂ければ幸いです！

物語を彩る大変麗しいイラストを描いていただいた、風《ふう》ことら先生、そして編集者の方には、この場を借りて感謝の言葉を述べさせて頂きたいと思います。本当にありがとうございます。

ご購入くださった皆様にも、感謝を。ありがとうございました！

NOVELS

ファンレターはこちらの宛先までお送りください。

〒110-0015　東京都台東区東上野2-8-7
笠倉出版社　Niμ編集部

東原ミヤコ 先生／風ことら 先生

死神辺境伯は幸運の妖精に愛を乞う
～間違えて嫁いだら蕩けるほど溺愛されました～

2023年11月1日　初版第1刷発行

著　者
東原ミヤコ
©Miyako Tsukahara

発 行 者
笠倉伸夫

発 行 所
株式会社　笠倉出版社
〒110-0015　東京都台東区東上野2-8-7
[営業]TEL　0120-984-164
[編集]TEL　03-4355-1103

印　刷
株式会社　光邦

装　丁
AFTERGLOW

Niμ公式サイト　https://niu-kasakura.com/

ISBN　978-4-7730-6428-5
Printed in Japan